捧 读

触及身心的阅读

西游密档

THE JOURNEY TO THE WEST

死亡诅咒

陈一多 著
By Chen Yiduo

贵州出版集团
贵州人民出版社

图书在版编目（CIP）数据

西游密档.死亡诅咒 / 陈一多著. -- 贵阳：贵州人民出版社，2024.1
ISBN 978-7-221-18144-2

Ⅰ.①西… Ⅱ.①陈… Ⅲ.①长篇小说-中国-当代 Ⅳ.①I247.5

中国国家版本馆CIP数据核字(2024)第021000号

XIYOU MIDANG SIWANG ZUZHOU

西游密档·死亡诅咒

陈一多 著

出 版 人	朱文迅
策划编辑	张进步
责任编辑	徐楚韵
装帧设计	莫意闲书装
责任印制	刘洪珍
出版发行	贵州出版集团　贵州人民出版社
地　　址	贵阳市观山湖区中天会展城会展东路SOHO公寓A座
印　　刷	宝蕾元仁浩（天津）印刷有限公司
版　　次	2024年1月第1版
印　　次	2024年1月第1次印刷
开　　本	880毫米×1230毫米　1/32
印　　张	7.5
字　　数	168千字
书　　号	ISBN 978-7-221-18144-2
定　　价	36.80元

如发现图书印装质量问题，请与印刷厂联系调换；版权所有，翻版必究；未经许可，不得转载

目 录

第一章
· 摩登取经小队 ·
-001-

第二章
· 深山会所 ·
-013-

第三章
· 迷梦 ·
-027-

第四章
· 濯垢泉的主人 ·
-037-

第五章
· 五村一镇 ·
-047-

第六章
· 谜局初现 ·
-065-

第七章
· 可怜人 ·
-081-

第八章
· 山村诡事 ·
-089-

第九章
· 妖怪大先生 ·

-105-

第十章
· 饕餮盛宴 ·

-119-

第十一章
· 新线索 ·

-135-

第十二章
· 两杆老烟枪 ·

-143-

第十三章
· 帮手 ·

-157-

第十四章
· 吃人的生意 ·

-167-

第十五章
· 三个混混 ·

-181-

第十六章
· 射乌山惨案 ·

-189-

第十七章
· 瘟疫 ·

-197-

第十八章
· 黑鼠妖与万鬼洞 ·

-213-

第一章

摩登取经小队

悟空最近两年，常常想起师父菩提祖师。

黑暗里，一点亮光忽明忽暗，悟空蹲在一棵极高的大树顶上抽烟，心情非常烦躁。

路过朱紫国，天气热起来了，白龙马热得吃不消，在二手市场掏了自己的三千块私房钱买了辆破面包，尽管破得除了喇叭不响其他地方都响，但居然有空调！

师兄弟五个，只有小白龙有驾照，还是买来的。于是他把行李都扔进后备厢里，开车带着大家一起上路。

老秃驴本来还不愿意，说佛祖安排自己取经，不能贪图这种享受，如果能开车，那不如买张飞机票，几个小时就到了，也用不着你们这些孽障……巴拉巴拉。

小白龙爆发了，说师父啊，天凉快，你骑骑我就算了，现在天气这么热，套个马鞍子，我背上就起一溜痱子；不套马鞍子，您老僧袍下面就是条三角裤，在我背上左摇右晃，都快变成丁字裤了。咱两个老爷们儿，我实在是受不了！

说得老秃驴满脸通红，无言以对，默默上车，还坐到了副驾驶上。

空调破归破，但基本功能还是有的，舒服得不开车的几个纷纷进入了梦乡。小白龙一口气开了六个小时，身边呼噜不断，瞌睡虫感染得他也吃不消了，停车准备自己也睡会儿。八戒闹着也要来开开，大家拗不过他，让他上了驾驶座，结果他保险带还没系，一脚油门就把车开进沟里去了。幸好沟不太深，加上悟空眼疾手快，给老秃驴开了层保护罩，车头都撞扁了，老秃驴还安然无恙。其他人都鼻青脸肿，八戒的腿也受了伤，好在他皮糙肉厚，被拉出来后抱着腿跳了一会儿，也没什么大事了。

小白龙本来气得肺都快炸了，八戒还在一边嘴贱："我当时就说不要买这辆破车，这个离合器低得不得了，老子才抬了一点，它就蹿出去了。也就我老猪倒霉，不然不管谁开，早晚都得出事。真是害人啊……"

小白龙气得呼的一下就现了真身，张牙舞爪地要找八戒拼命。八戒也不甘示弱，举起钉耙，拿个架势等着他来。

"够了！"悟空大吼一声，他用了神通"震天动地"，仿佛一个惊雷打在了地上。但他忘了身旁还有个肉体凡胎的老秃驴，老秃驴嗨的一下就背过气去了。

沙僧一把扶住老秃驴，同时埋怨道："大师兄啊，你怎么也不注意一下……"

悟空气得手都抖了，对小白龙和八戒说："你们两个，谁再惹麻烦，老子一棍一个，经也不取了，再杀到天上去，佛祖老家伙来之前，能杀一个是一个，大不了再被压五百年……"

八戒不吱声了，小白龙脸色沉得发青。

把老秃驴救醒后，他们把面包车拖了上来。这破车虽然破，但车头都扁了，居然还能发动。悟空把破得不成样子的驾驶室拆了，发现驾驶座也被八戒慌乱中一屁股坐掉下来了。小白龙找了张小板凳，坐上去，把车子又开起来了。一辆破面包车就这样变成了敞篷车。破车又开了两百多里地，驶过一个减速带时，轻轻一颠，颠成了两节，大梁都断了。这下是彻底完蛋了。

老秃驴可能是想缓和团队气氛，说："哎呀，算了，算了，大家就别介意了，这可能就是佛祖看我们开车取经心不诚给的因果……"

八戒一听来了精神，说："哎呀，还是师父英明，我也觉得这事儿透着古怪。虽然我没有驾照，但是驾驶技术顶呱呱啊。这次真是见了鬼了，竟然会一头栽进沟里，要不是师父提醒，我还在想到底怎么回事呢。"

然后，小白龙就说："师父，自己走，心最诚。"变成马后也不给老秃驴骑了。本来队伍速度就不快，这下速度便更慢了。走了两天，小白龙自己也受不了这个速度，说，要不，师父还是骑上来吧……结果老秃驴又来劲了，说不骑就不骑，说万一他把小白龙累坏了，他吃罪不起……

就这样，溜溜达达，溜溜达达，老秃驴就给妖怪抓走了……

悟空觉得，自己作为一只脾气暴躁的猴妖，这几年脾气真的要被磨光了，而且越磨越光，烟瘾越磨越大，要不是荒郊野岭常常断货，估计得一天两包。他把剩下的三分之一包烟小心地别进虎皮裙——下次找到不卖假烟的小店，还不知会是什么时候，尽管自己一个筋斗十万八千里，但这秃驴简直就是行走的惹祸精，一个看不到，就被抓走了。自己这包烟省着省着抽了快三天，几乎寸步不离老秃驴，结果刚刚跑到前面探个路，最多二十分钟，回来人没了！

呆子一副不关我事、冷眼旁观的表情，在边上哼哼道："我跟师父说了好多遍，不能去，不能去，师父不听，我做徒弟的能怎么办？"

沙僧在一边臊眉耷眼的没有说话。

三个师兄弟沉默了会儿。

白龙马突然说:"要不你们先找师父吧,这会儿也用不着我,我去洗个澡,都好多天没下过水了。你们知道,我是龙,我鳞片干得都翘起来了……"

悟空挥了挥手。

八戒几乎从白龙马的眼睛里看出了欢呼。小白龙是富二代,他们家族人丁兴旺,称得上"四海之内皆兄弟",今晚肯定是附近的兄弟招待豪华桑拿会所,洗澡、按摩……八戒满眼巴结地盯着小白龙,可小白龙看也没看他,转身就走。八戒咽了咽口水,转了转眼珠,还是没想出跟着一起去的借口,心里有点后悔之前得罪了小白龙。他长长地叹了一口气,从借来的已破破烂烂的紫金鱼袋里翻出部破旧的手机,一边翻找着下载之后还没看过的小视频,一边没有一点诚意地说谎道:"我这两天拉肚子,我去拉屎……"

八戒一走,沙僧更是讷讷无言,场面一时寂静下来。

半晌,沙僧忍不住了说:"大师兄,要不我先去探探,打我是真不敢打,搞不清这妖怪什么来路啊。我走后,您把土地叫出来,问个明白,然后你来找我。"

悟空又挥了挥手。

沙僧挑着担子走了,没人知道他会把担子藏到哪里,但肯定不会出岔子。对领导安排的任务,沙僧一向都是非常当事儿的。

沙僧很厉害,悟空知道。至少在流沙河时,那叫一个生猛,下手那个黑。可这样一个大妖,现在越来越低调了,可能是因为西行路上,每一个妖怪都深不可测吧。

悟空站起来,伸了个懒腰,准备叫土地。

"那么厉害的人啊。"这两年,悟空总是常常想起师父菩提祖师。

"那么厉害的人！看到我露了张扬跳脱的性子，吓得立马和我撇清了关系，一夜都没耽误，让我发了重誓，近百年的师徒之恩都不顾了，立马赶走。那么厉害的人！"

……

半山腰，一幢背山对河的独栋别墅里，一个相貌威严但身材矮小的小老头儿，在有一整面玻璃墙的别墅客厅里团团乱转。

旁边一个三角眼儿的小老太婆问："老头儿，你怎么啦？抽风啦？"

"你不知，你不知，有个叫齐天大圣的来了，我不曾迎他，他那里拘我去哩。"

"你去见他便了，却如何在这里打转？"

土地道："若去见他，他那棍子好不重，他管你好歹就打哩。"

婆儿道："他见你这等老了，如何就打你？"

土地道："他一生好吃霸王酒，偏打老年人……"

拘得一阵紧过一阵，土地没办法，带着老婆子，一起哆哆嗦嗦地出现在悟空面前，一见面就趴在地上，口里大呼："大圣大圣，当境土地给您磕头啦。"

悟空瞥了一眼趴在地上的圆滚滚的土地，说："好了好了，我不打你，先记在账上，起来说话。"

土地和土地婆都爬了起来，显出两人一身的薄皮貂。他们各自斜挎着一个脏兮兮的包，悟空火眼金睛瞄了眼，知道是两个名牌包。

"这里是什么地方？"悟空问。

"这里是朱紫国和比丘国之间，三不管的一块地方。大圣东来,可曾路过一座山岭?"

悟空说:"正是在那山岭上,我们师父被妖怪抓走了。"

土地一怔,说:"那岭叫盘丝岭,岭下有洞,叫盘丝洞,洞里出过七个女妖精……"土地说到这里,似乎想到了什么,忍不住发出了一声不堪的笑声。

土地婆狠狠踢了土地公一脚,土地公立刻低头住嘴。

悟空问:"什么妖精?有多大神通?"

"是七个蜘蛛精,多大神通?这……小神力薄威短,不知她们有多大手段。"

土地婆在一边展了展眉眼,说道:"七个女妖精,本事应该不是太大,但后台不小。离此地三里之遥,有座濯垢泉,此泉是当年后羿射落的太阳之一坠地所化,原是上方七仙姑的浴池,妖精到此居住,就占了这泉水,七仙姑更不曾与她们竞争,就平白让给她们了。"

"占这泉水做什么?"悟空问。

土地婆说:"咱这偏僻小国,本就不像上唐法律严明,何况我们这地儿又是个三不管的地界,七个妖精占了这地方,打造了个销金的窟儿、一座酒肉的林子……"

土地在边上一个劲地拉土地婆的袖子。

土地婆用力一拽,说:"李老儿,你干什么?我今天就要跟大圣把这里面的弯弯绕说清楚了。"

土地在边上不停地跺脚。

"这地方建好之后,周围多少好人家的儿女都被摄了去,什么山精水怪、大神小仙,接踵而来,乌七八糟,乌烟瘴气……"

土地阻拦不及,长叹一声。

悟空点了点头,从耳朵里掏出金箍棒,迎风一晃,变成鸡蛋般粗细。然后又问土地:"那个盘丝洞就在盘丝岭下面,到盘丝洞就能看到濯垢泉,对不对?"

土地婆点头说:"没错。"

一旁的土地却一把拉住悟空手臂,问:"大圣去哪儿?大圣去哪儿?"

悟空说:"去哪儿?去找我师父。哪个妖精敢抓我师父,统统一棒打死!"

"大圣,大圣……"土地死死攥着悟空的手,"没人抓圣僧啊,没人抓圣僧啊……圣僧是自己走迷了道,自己走到濯垢泉去了……

"大圣您一到盘丝岭,小神就心有感应,一刻也没敢离开过圣僧周围。我知道圣僧出事,就是天大的事,小神怕吃罪不起,一刻也不敢离开。圣僧自己走迷了道,前因后果小神一清二楚。"

"那我师弟们怎么都说师父被妖怪抓走了,我信你这土地老儿,还是信我师弟?"

"大圣少安毋躁,听我一言。"土地说道,"大圣,您是申时,也就是下午四点左右,一个筋斗出去探路。您这个筋斗有点远,倒没看见您脚下就有间房舍。您走之后,圣僧一行继续前行,行至岭上,遥遥望见岭下房舍,本来八戒要去化斋,结果圣僧说,平时一望无边无际,都是徒弟们没远没近地化斋,今天这人家近,自己也要出一回力。猪长老不同意,沙长老劝他,说师父心性如此,不必惹恼。然后猪长老依言,取了钵盂,与他换了衣帽,就让他去了。"

"后来呢?"悟空问。

"后来圣僧一去不返,有十几分钟,猪长老说坏了坏了,恐怕被妖怪捉了去了……然后大圣您就回来了。"

"如此这般，为何师弟们当时不告诉我。这么近，直接打下去就行了。"

"大圣，大圣……"土地犹豫了一下，终于一狠心，说道，"你来前，已有长老偷偷唤了我，问了些妖怪的来历。我也已去濯垢泉瞧了一眼，圣僧正盘腿和七位女妖精说法，妖精们相当礼遇，圣僧绝无性命之忧。长老嘱咐，没搞清楚这妖怪到底什么背景前，不能跟您说，大家也是怕你火气一起，不可收拾啊。都是为了西行好，为了圣僧好……"

"不让我去救师父，倒是为我师父好了？"悟空问。

"而且，而且……"土地依然牢牢地攥着悟空的胳膊。悟空倒有点奇怪了，这小矮子，力气倒不小，胆量也挺大。"我看各位长老似乎都有些安排。小白龙大人，上午手机消息一直没断，猪长老也是信息连连……您就行行好，也算让圣僧和长老们休息休息……"

土地顿了顿，见悟空神色不善，赶紧又说："大圣放宽心，不看僧面看佛面啊，这七个妖精后台通天，却不敢得罪圣僧。哪怕圣僧度不了这七个妖精，也必是主客尽欢，多加礼遇，反倒是那些散修野鬼才可能让圣僧有那万一的风险。小神这几日必定寸步不离，牢牢看住圣僧。大圣您一路西行劳苦功高，偶尔休息一下，就当放几天假也不为过。如果大圣还不放心，不如我带大圣去那濯垢泉一探究竟……"土地老儿说着说着，脸上露出一抹猥琐的笑。

"滚！"悟空烦躁地一挥手，不接他的话茬儿。

见悟空不再坚持要去了，土地老儿长松了一口气。

土地婆在一边说："要不，大圣给圣僧打个电话吧，让圣僧报个平安。"

"这里有信号？"悟空问。

"这里没信号，但是盘丝洞和濯垢泉都有，还是去年小神帮着装的，一个地方一年一千多块，两个地方两千多！不光能打电话，还能上网，百兆宽带！这费用我还不知道怎么解决，报销肯定是没法报销，可跟这七个女妖精要，小神也不敢……"土地老儿一边说着，一边从身边的包里掏出来一张巨大的发票，递到悟空面前。

悟空瞪着土地。

"我就是给大圣看看，不是要大圣给我报销！"土地老儿赶紧低头，把发票塞进包里。悟空又好气又好笑，一把抓起土地老儿，呼的一声蹿上天。老儿连声惊呼，包里掉了一串东西到地上，心疼得土地老儿鼻子皱成一团。最后两人落到附近镇子的边缘。

悟空拨响老秃驴的电话，好几声响铃后，电话被接起来了。悟空听见背后各种嘈杂，有人声，有乐声。

"师父？"悟空尝试地叫了一声。

"哦，悟空啊……"电话那头传来的确实是三藏的声音。

"师父？你还好吗？要不要我们马上过来……"

"我……哦……我挺好的……"

不知为什么，悟空觉得师父的声音恍恍惚惚的，好像在梦游一样。

"师父，你是不是被妖怪迷啦？我马上就来打死这些妖怪……"

"别，别……"三藏似乎是突然醒过来了，连声阻止，"你这猴子别乱来，贫僧正在给女施主们讲佛法……你们先歇着吧，附近转转也行，到我这里来也行。"

悟空答应了一声，挂了电话。他迟疑了下，打开手机，在微信群"相亲相爱一路西行"里发了一条信息：

"师父在濯垢泉给女施主说法，让我们休息几天，何时动身等通知，请大家保持手机畅通。"

沙僧立刻回了一个"师父威武"的动图。过了一会儿，小白龙回了一个表情包，不到两秒又撤回去了，跟发了一张"师父威武"的动图。

过了很久，八戒也跟了一张"师父威武"的动图，应该是才看见。

悟空关了手机，让土地记下自己手机号码，吩咐他盯着唐僧，一有情况立刻给自己打电话，然后准备找地方过夜。

大松了一口气的土地走了两步后，又回头看着悟空，一副要走不走的样子。他迟疑着说："大圣，今晚有地方去不？没地方去，要不到小神家里过夜吧。"

悟空说："你那小庙，住着憋屈，还不如我以天为被以地为床呢。"

土地立马挺直了身子说："小神的庙虽小，但住的地方大啊！四百多平方米的独栋大别墅！五房四卫，前后各两百平方米院子……"

"民脂民膏刮得真不少……"悟空说。

土地的腰立马又弯了下去，说："岂敢，岂敢啊。小神所得所用都是自己动用法力，在山里种药材、山珍，和山外人换来的。小神种的东西，口碑那是顶呱呱。小神悉心劳作，不曾搜刮民脂民膏，请大圣明察啊。"

悟空撇撇嘴，说："那就前面带路。"

土地立马笑嘻嘻地在前面带路。

土地的大别墅，大确实大，但是除了大也没什么了。说是别墅，

- 011 -

其实就是座农家小院,客厅的玻璃墙倒是挺气派,但内部什么软装也没有。四方的房间四方的客厅,四方的厕所四方的厨房。层高挺高,但空荡荡的,连吊顶都没做。

悟空也不挑,怎么着都比露天好多了,而且有抽水马桶。他拍了几张照片,发到群里,问几个师兄弟要不要到土地家住一夜,结果没人理他。

跟土地和土地婆吃了顿晚饭不是晚饭、消夜不是消夜的饭食,悟空诚心诚意地跟土地老儿道了个谢,然后土地就拉着悟空蹲在院门口抽烟。

"土地啊,你这地方妖精掳取女子开酒池肉林,你也不管管?"悟空问。

土地嗤笑了一声说:"你别听老婆子瞎说,我呢,大大小小是当地的一个神,有些应酬啊,接待啊,不得不去濯垢泉。你别看咱们这个地方小,但有不少天上的大佬光顾呢。老婆子就恨这个,但其实咱们这里想去濯垢泉的大姑娘小伙子多着呢,都是挤破头想进去,人家反倒不是个个都要的,哪需要掳。"

"这是为何?"悟空问。

"待遇好呗。进去做个两三年,家里面就能盖我家这样的大别墅了……"

听到土地又夸自己的大别墅,悟空头疼。

太阳能热水器里的水不是太足,悟空也没好意思多用热水,匆忙洗了把澡就上床睡了。被褥都是新换的,一股阳光的味道。

第二章

深山会所

第二天一大早起来，谢绝了土地的挽留，到没人的地方后，悟空变成一只鹰隼，绕着盘丝岭飞了几圈。

盘丝岭是一座很平缓但很大的山岭，悟空看见山岭上确实有几间房舍，都很简单。飞近之后，能看到房舍都已经废弃了。在房舍后面，隐隐约约能看见一个洞，黑乎乎的，洞口不高，弯腰能进，应该就是盘丝洞。房舍东南方不远处，是一大片雕梁画栋的建筑，隐隐有雾气弥漫，不用说就是濯垢泉了。

悟空振翅拔高，然后一头冲向濯垢泉。在飞到最高处时，悟空的眼角扫到在很远的西方，茂密的树林中，有道反光一闪而过。他定睛细看，原来是从树林中露出的一角绿色琉璃瓦勾檐。

悟空一头扎进濯垢泉，停在最高的房顶上。所有的建筑都是围绕濯垢泉修建的，濯垢泉位于院子的正中心，大约四张八仙桌那么大，呈不规则的圆形，边上围了低矮的怪石做岸。院子很大，卵石铺就的小道曲折交错，中间有一棵巨大的老槐，错落着又种了些梅树、五爪松；北面的墙角，一棵老藤爬满了墙；南边窗下生长了一大丛竹子。濯垢泉泉眼里不断汩汩往外冒着泉水，在被树枝树叶切割成一条条的晨曦里，热气弥漫，然后缓缓消散到半空中。

悟空还看到，院子里有八条从濯垢泉起笔直铺设到四面和对角的青石板路，石板路下也有缕缕热气消散出来。悟空知道这是引泉水的暗渠。

大院子是一个巨大的九宫格的中心，周围的八个格子，每个格子又一分为四，分布着四个小四合院，总共三十二个小四合院。每个小四合院依然是雕梁画栋，老树枯藤，雅致之极。

悟空绕着巨大的九宫格飞了一圈，看到每个四合院都有块牌匾，上面写着院落的名字，有的叫"花间"，有的叫"对影"，有的叫"片云"，有的叫"忆娥"，有的叫"如锦"，有的叫"清辉"……每个四合院又都挖了露天的池子，引温泉灌入其中。有的四合院静悄悄，主人似乎还没有起床；有的四合院，有人在对弈；有的四合院，两三个少女在打秋千，笑声宛若银铃；有的四合院，有汉子脱得赤条条的，泡在温泉里和一两个少女嬉戏；有的四合院主人躺在摇椅上，浑然忘我。在一个叫"及春"的四合院，悟空还看见了小白龙，坐在树下石凳上，面红耳赤地跟对面一个紫衫老人说话，双手还时不时拍一拍面前的石桌，看得出他在强忍着自己的脾气。

在最后一个四合院"照古"，悟空看到了三藏。

三藏剑眉星目，肤色白净，一身月白僧衣一尘不染，坐在一棵银杏下，正在说法。银杏叶时有飘落，上下翻飞，晨曦透过银杏枝叶照射下来，仿佛有乳白色的光华四处流溢。

三藏对面，或站或坐，或托腮或低眉，七个穿着红、蓝、紫、粉、绿、橙、黄轻纱的少女听得如痴如醉。

悟空远远地落在房檐上，显出了本相，叹了口气。

"老秃驴说起法来，真是妙趣横生。"

突然身边窸窸窣窣一阵响动，悟空低头一看，从房檐另一边乱糟糟地爬上来七个小人儿,都只有手掌大小,有三个皆穿一身黄黑条纹衣,只不过有个黑色多,有个黄色多,有个黑黄特别分明;另有一个小家伙穿了身暗橘黄色底子、大黑圆斑点的衣服;一个小家伙一身漆黑;一个小家伙鼻子特别大;还有一个小家伙细胳膊细腿,像根小竹竿。

悟空火眼金睛扫了一下,原来是七个小精怪:蜜蜂精、马蜂精、芦蜂精、斑蝥精、牛虻精、白蜡精、蜻蜓精。

衣服黑黄分明的马蜂精小人儿神气活现地跑到悟空面前问:"你是新来的客人吗?你怎么不走前台,自己跑到房顶上来了?"

悟空还没来得及回话,马蜂精小人儿自问自答道:"我知道了,你一定是在附近感应到了大和尚说法,前来偷听!我告诉你,这大和尚可是专门来给俺们干娘说法的,外人不得偷听!你快快走,我不告诉干娘,不然干娘喊人来打你!"

悟空还没来得及回答,一起爬上来的细胳膊细腿的蜻蜓精先跟他对上了:"小马,你不要乱说。昨天大和尚来说法的时候就说了,'有教无类',万物皆可听经修佛!"

"我怎么没听到!"

"你听经的时候走神啦!"

"我才没有走神……"

"我也听到的……"

"不过我和小马一样没听到啊……"

"走神怎么啦?听到佛法的就是有缘,没听到的就是没缘。就是干娘们,也就早晨这一会儿一起听上片刻,然后也是轮流听啊……"

七个小精怪自己吵成一团,把悟空给忘了。悟空掐了诀,隐身而去。背后又是一阵争吵。

"那个雷公脸呢?跑哪儿去了?都怪你打岔,万一是我们濯垢泉的敌人派来的探子怎么办?"

"我们濯垢泉什么时候有敌人了?"

"敌人在哪儿?敌人在哪儿?看我小芦一锥子戳死他……"

简直乱成一团。

悟空听得头大,赶紧变成只绿头大苍蝇,嗡嗡飞出了濯垢泉。

在濯垢泉外面,悟空一眼就看见探头探脑的沙僧,可悟空飞到他身后都没被发现,待显了真身,沙僧才有所觉。

"沙师弟昨晚一直都在这儿?"

"是啊,尽管师父报了平安,但我还是不放心,一直守在外面。万一里面乱起来,我也管不了那么多了,直接打杀进去,能拖一时是一时,等师兄来救援。"

悟空扫了一眼沙僧,说:"师父在里面极受礼遇,想必这濯垢泉也会接待我们的。你去把行李带着,一刻钟后到这儿来找我。我去找呆子。"

"好嘞!"沙僧转身就走。

悟空变回一只鹰隼,去找八戒。八戒还真不好找,最后还是在盘丝岭上,听到一阵惊天动地的鼾声,悟空才发现,八戒离昨天大家分开的地方就两步路。这呆子和身滚在草丛里,睡得四仰八叉,手机也扔在边上,他那个巨大到都有点像电动车电池的充电宝也扔在边上。

"呆子,师父被妖怪吃掉啦!"

八戒呼噜依旧。

"呆子,吃饭啦!"

八戒呼地坐起来:"吃,吃饭了?早饭、中饭、有什么……"

悟空一巴掌刷在八戒头上:"师父被妖怪吃了都喊不醒你,吃饭了一喊就醒,你这取经的心思还真是坚定啊。"

八戒爬起来,捂着头跳脚道:"取不到经怪我老猪啰?今天取经,明天取经,天天取经,一次又一次地取经!要我说,如来老儿就没想把这破经传给我们!好,就算我认了,我就跟他耗上了!我这生生世世就取经了!你也得让我吃饱啊,神仙也不差饿鬼!猴哥,今天我把话撂这儿,今天要是没饭吃,我真要跟你急,我正做梦吃大肉馒头……"

悟空懒洋洋地一边往濯垢泉走,一边说:"温泉会所,美食美酒,你不来就算了……"

八戒一下跳起来:"猴哥,猴哥,你是我亲哥哎!师兄弟里,也就猴哥你最疼我,另几个是不是已经进去享受啦?就猴哥还记得来喊我,猴哥……"

悟空嘴里叼着根草茎,慢慢走着,想着刚才呆子的话:"这呆子也觉得根本就取不到经了吗?"

八戒在边上抓耳挠腮,急得跟什么似的,中间还提议,把方向告诉他,他先去。

"人家认识你吗,能让你先进去?别急,前面还要等沙僧呢。"

师兄弟三个,终于齐聚在濯垢泉的大门前了。悟空正了正衣冠,朗声喊道:"东土大唐、唐王派遣,去往西天取经的唐长老唐三藏,三位徒弟,孙悟空、猪八戒、沙和尚,恳请留宿一晚!"

濯垢泉两扇黑色的大门无声无息地打开了。

大门居然是电动感应的。

悟空一阵脸红,走进后,是个大堂,里面有个前台,一个俊俏的小姑娘看着他们直偷笑。

等走到近前了,前台小姑娘问:"就是昨天来给说法的唐朝来的和尚吗?"

悟空说:"是的。"

沙僧把担子放下来,四处打量。

八戒眼睛都不够用了。大堂层高极高,水晶吊灯璀璨晶莹,而摆设都古色古香,鼻头还能闻到名贵檀香的味道,打磨得锃亮的大理石地板能当镜子使。

"娘娘们已经交代好了,给你们留了一间院子。法师还在和娘娘们说法,不能来迎接。濯垢泉四下都可去得,就是每间四合院,如果不是主人邀请,请一定不要闯入。每间四合院都有一位管家、四位红衣服的暮雨小娘,有什么要求可以直接跟他们说。"

说到这里,小姑娘用一副"你懂的"的表情强调说:"我是说任何要求!如果更换暮雨小娘或者增加暮雨小娘也是可以的,但增加的话需要加钱。"

八戒一听呆住了。"任何要求都可以?"他流着口水问小姑娘。

小姑娘笑笑,说:"当然!哦,不过你们最好不要吃掉她们哦,很贵!"

八戒的脸腾地就红了。

"我又不是猪妖,我是天蓬元帅!我老猪最怜香惜玉了!"

小姑娘说:"那就好,因为伤害或者吃掉工作人员,赔偿的数字非常庞大!大部分人,或者大部分妖,家破人亡或家破妖亡都赔不起的。而且从此以后,濯垢泉就再也不欢迎你了。"

"只赔钱就行了？"悟空问。

"还有，以后我们就不接待了。"小姑娘回答。

"那么漂亮的小姐姐，谁舍得啊？"八戒一边看着大堂里路过的女服务员，一边傻呵呵地痴笑着说。

"心狠、变态的多呢，咱们这里发生过两次呢。"小姑娘说。

"都是什么妖怪啊？"沙僧凑上来插嘴。

小姑娘似笑非笑地看了沙僧一眼，说："两次都是人类……"

"啊？"八戒惊呼一声，又问，"后来呢？"

"没什么后来，他们赔得起。"

姑娘明显不想就这个话题再聊下去，给了他们四张房卡，冲他们甜甜一笑："另外，四合院外面穿绿衣服的小姑娘，都是像我这样的春风小娘，可不能乱来哦。希望客人们玩得愉快。"

有个男仆过来，要帮沙僧挑担子，沙僧摇摇手，自己挑了起来。三个师兄弟跟着男仆进了一进又一进的濯垢泉。

大堂背后就是一座又一座的四合院，由游廊连通。男仆一边带路，一边介绍道："我们濯垢泉，是当年后羿射日……"

八戒一会儿在游廊边的椅子上坐坐，一会儿跑到路过的小娘面前，"姐姐""妹妹"喊个不停。等小娘们都吓跑了，又跑到其他四合院大门边，往里面偷瞄。听到男仆说后羿射日的时候，他顿了下，两只大耳朵抽了抽。

"呆子！"悟空喝了一声，八戒嘴里嘟嘟囔囔地回来了。

师兄弟三个住的院子叫"柳新"，位置很深，足足走了一刻钟才到。男仆把四合院的门打开，跟他们说："祝客人们玩得愉快。"

院里站着一个三十岁左右的男仆，带着四个红衣服的少女。

"欢迎各位尊贵的客人，我是这座柳新院的管家，这四位是院里的暮雨小娘，您看需要更换或者安排更多的来吗？"

八戒脸都笑歪了："各位姐姐如此好看，换什么换，我老猪第一个不答应。"

"你留下，其他人都出去吧，我们师兄弟人多了不爽快。"

"猴哥！"八戒大喊一声！

啪！一巴掌刷在八戒头上。

"呆子，你想怎的？要不一会儿你跟师父说去？"

八戒的脸瞬间就垮下来了，耳朵也耷拉了下来。

沙僧乐呵呵地把担子挑到屋里，出来跟管家说："小哥，麻烦你马上安排些吃食来，我们吃素斋，量要大一些。"

管家"哎"了一声，出去了。

沙僧把院门关上，回房间脱得赤条条的，带了条白毛巾出来，一屁股坐进院子里的露天温泉里，发出一声惬意的长叹。

悟空每个房间都进去瞄了一眼。

八戒垮着脸还没从巨大的失落里缓过来，突然好像想起了什么，也跟着每个房间看了一遍。

"二楼中间向阳的房间给师父，师父说法辛苦，我们做徒弟的要事事想着师父。"

八戒看过每个房间后，出来宣布。

"师父边上那个大房间就留给我。我看过了，里面是一张大床，我老猪身高体胖，小床睡得不舒服；另一边那个稍微小一点的房间给猴哥，房间大小其实差不多，但却是个标准间，里面是两张一米二的小床，我老猪睡不下；沙师弟，你睡一楼左手边那个房间，那个房间最大，担子放得下，而且你也不用爬楼了，里面也是一张大床，保证睡得舒服；右手边那个，小白龙过来就留给他，不来就空着。"

"好的，二师兄，你还不快来泡个澡。"

"来了来了。"

八戒跑进自己的房间，也脱得赤条条的，再跑出来，跳到露天温泉里。

"我的天爷！"八戒开始长吁短叹起来，"舒服，舒服！猴哥，猴哥！你还不赶快来！"

悟空也脱得赤条条的，不知从哪里找了条白毛巾，进了露天温泉。师兄弟三个围成一圈坐在温泉里，热气袅袅，从尾巴骨一直舒爽到了头顶。过了一会儿，三道呼噜声就此起彼伏起来了。

直到砰砰的砸门声把师兄弟三个叫醒。

一开门，一个接一个的食盒，被男仆拎进来，跟着的还有大圆桌、三张宽椅。一大桌素斋，在院子里片刻间就摆上了。

师兄弟三个一看，满满一坛素酒放在中间，边上是四种稀奇鲜果——龙眼荔枝、香桃软杏；又有六个冷盘——麻油什锦菜、香辣酸笋丝、木耳豆腐皮、烧素鹅、山楂酱山药、百叶时蔬卷。

三个师兄弟各自斟满了素酒，落座开吃。刚吃上几口，又有十二道热菜陆陆续续端上来：烩双蘑，入口爽滑弹牙；竹笋香菇炖冬瓜，竹笋和香菇打成了末，和冬瓜一起炖，香气扑鼻，入口即化；又有西芹腰果炒百合、白果烩芦笋等。

然后就有些奇怪的菜了：口蘑冬笋烧羊腩、干煸肉丝、松茸炒牛柳、蚵仔煎、鲍鱼片、葱烧海参、干炸大肉丸。

把管家喊来一问，原来全部都是用豆腐、蘑菇等素菜做的。

几人一尝,果真如此。

一直到最后一道松鼠鳜鱼,活脱脱就是一条去了头的松鼠鳜鱼。几人一问,才知道是用巨大的白灵菇切花刀,用素油炸出花形,拼成鱼身的形状后再淋上酱汁而成。

热菜被师兄弟三人风卷残云后,跟着上了一道三鲜竹荪汤。而最后的主食,居然是一只巨大的八宝葫芦鸭,用一个双手抱不过来的大南瓜雕了只葫芦鸭,里面填了豆腐油皮、糯米饭、胡萝卜丁、核桃仁、松子、青豆、南瓜等时蔬山珍。

最后这道葫芦鸭,八戒一边吃一边哭:"没想到,我八戒一辈子没吃过饱饭,最后却是要被撑死了!"

悟空怕八戒真吃出事儿来,最后半只葫芦鸭被他使了个法术缩小,然后一口吞掉。八戒意犹未尽,又实在吃不下,想想确实没什么好抱怨的,于是站起来,把肚皮拍得啪啪响,得意地大大叹息了一声,回去睡觉。

男仆们进来收拾打扫,一会儿东西全收光了,地扫得干干净净,还洒了水。

天色渐晚,沙僧回房睡觉了。悟空在院子里走了两圈,也准备回去,突然门被敲响了。悟空开门,小白龙在门口站着。

"大师兄,其他几位师兄睡了?"

"嗯。"

"大师兄,我进来跟你说两句话。"

二人到院子里的石凳上坐了,管家送了两杯茶过来。

"前日,我叔父在此接待我,客套甚多,刚安定下来,本要去请各位师兄来,没想到你们自己到了。"

悟空嘿嘿一笑。

小白龙也有点不好意思,继续说:"师兄知道师父在此地说法吗?"

"不是那天在群里就说过了?"

"哦哦,是的,但是师兄,你知道这两日里详情如何吗?"

"不知道,据说极其礼遇。"

小白龙点点头,然后又说:"师兄,不知怎么回事,我心里特别不踏实,咱们还是赶紧上路要紧,这次什么都不一样了……"

小白龙还想往下说,突然看见悟空一个森冷的眼神瞥过来,吓得他浑身一激灵,立刻住了嘴。

悟空冷冷地说:"明天我去师父那里看看到底什么情况。既来之则安之,有什么咱都接着。只是师弟,你可别嘴上没个把门的,惹出什么大祸……"

小白龙背后冷飕飕出了一层汗,连连点头。

"大师兄,我明白的……"

两人正说着,又有人敲门。悟空去开了门,是三藏回来了。

"师父,您吃过了吗?"悟空问。

"嗯,在照古院用了点素斋。此地主人说你们来了,我来看看……"三藏说。

悟空觉得师父精神有点恍惚,把三藏让进了院子。

"师父昨晚睡在哪里?"悟空问。

"为师昨晚说了一夜佛法,今日傍晚,有落霞缤纷,蔚为壮观……"说到这里,三藏精神一振,看上去相当兴奋,"此地施主礼佛之心着实虔诚啊。"

悟空以为师父神情有些恍惚是累的,忍不住抱怨道:"这里的人也真有意思,逮着师父你就往死里用,觉都不给睡的吗?"

"你这猴子,瞎说什么,是为师一时心有所感,停不下来。说法期间各种奥妙层出不穷,以前想都没想过的,突然就都出来了。看来为师这是离顿悟不远了!"三藏满脸喜色,而悟空和小白龙对视一眼,神色里隐隐有些担忧。

"师父,院子里有温泉,您洗洗,早点睡吧。"小白龙说。

"晚上此地主人招待的素酒还有两盅,师弟,你去热了给师父喝,解解乏。"悟空在边上说。

三藏没吱声,点了点头。悟空去八戒给师父留的大房间里拿了换洗的衣服,送到温泉边上,三藏直接脱了衣服下温泉。小白龙热了素酒,给三藏端过来,然后告辞回自己院子里去了。

连续说了两天佛法,三藏是真累了。泡完澡后,浑身发热,又喝了两盅素酒,他眼睛都睁不开了,几乎是跌跌撞撞进了房间,上了软乎乎的床,立刻就沉睡过去。

悟空把三藏送进房间后,回到自己的房间,却怎么都睡不着,心里烦躁不安,后来干脆盘腿坐到三藏门前阳台的柱子上。晚风习习,悟空这才渐渐平静下来,不知不觉中也歪头睡了过去。

第三章

迷梦

"殿下请不要乱我佛心。"三藏说。

西梁女王看着三藏说："御弟哥哥，是佛法教你的自欺欺人吗？不要乱你佛心？"女王黑白分明的眼睛失望地看向别处，纤长优雅的脖颈和锁骨间形成一道优美的弧线。平复了下心情后，她似乎又鼓起勇气，掉转目光说："你总想着你，可我为了和你在一起，宁愿不做女儿国的国王，富贵王权我都可以不要,你呢？"

平时端庄沉稳的女王终是有些害羞，脸色发红，低下头说："我知道，你心里也是有我的——"她的声音几乎轻不可闻，"我只想与你天长地久，今生相随，无论需要放弃什么，无论将来怎样……"

女王的声音轻得仿佛梦呓，但是，她抬起头，脉脉含情的眸子却无比坚定地盯着三藏的眼睛，似乎这世上再没有她更确定的东西了。

一瞬间，三藏似乎忘了对面这位女王的身份，眼中全是这位美丽姑娘那双深邃的眼眸，耳中全是那句勇敢的告白。三藏胸前仿佛被重锤撞了一下，佛心大颤。他赶紧闭上眼，稳了稳心神，然后说："殿下，贫僧心中从来没有你，贫僧心中只有佛！"

刹那间，泪水模糊了女王的眼睛，让她的眼睛显得波光粼粼，格外动人。而其中那种难以置信和心碎的情绪，更是让人不忍直视,仿佛三藏的回答击碎了女王的所有自信,甚至连一个美丽姑娘的些许念想都一并击碎。

三藏垂下眼睑默默念着佛经。

三两秒后,女王飞快地擦了擦眼睛,忍住内心海啸一般强烈的种种情绪,勉强恢复了往日的端庄和平静。她戴上女王面具,对三藏说:"圣僧,西去路上崎岖坎坷,还望保重。"

然后这位西梁女王便转身离去。

三藏看着女王渐行渐远的窈窕背影,在心里长长叹了口气。

风拂过三藏雪白的僧袍,轻柔地舞动,他知道自己这辈子都不会忘记那双深邃的眸子,还有那句愿意放弃一切和自己在一起的勇敢的誓言了——这一幕日后一定会成为自己成佛时的心魔。

三藏猛地醒了过来,但内心那种仿佛空了一个洞、丢了一件非常重要之物的感觉依旧历历在目。他躺在床上愣怔了一会儿,然后起身推门出去。

悟空盘腿坐在走廊的一根柱子旁的围栏上,歪着头睡着了,这时听见身后有人,立刻回头张望,见是三藏,就打了个招呼:"师父,怎么这时起来了?"

三藏笑了笑,说:"做了一个奇怪的梦。"

三藏走到悟空身边,看着外面黑沉沉的大地,感受着冰凉而清新的空气。看了一会儿后,他问道:"悟空,我们来时,是不是经过一个叫作女儿国的国家啊?我怎么什么都不记得了。"

悟空打量了三藏一会儿,然后说:"师父,我们来的路上,并没有经过一个什么女儿国。"

第二天一大早,悟空去了唐僧说法的照古院,躲到上次躲藏的屋檐上。

过了一会儿,三藏还没来,七个小人儿先爬上屋檐了。

在红黑分明的马蜂精小人儿神气活现地刚要说话时,悟空先问了一句:"你们这儿杀一个小娘多少钱?"

马蜂精小人儿一下没反应过来,正愣神着,旁边的大鼻子白蜡精小人就蹦蹦跳跳地扑过来说:"一个亿!"

"这么贵?"悟空说。

"原来没这么贵!"细手细脚的蜻蜓精小人儿刚爬上来,"当时定赔偿金额的时候我在,红蛛干娘说:'定个两千万吧。'紫蛛干娘说:'我们毕竟不想这种事情发生,干脆定一个亿吧。'"

"一个亿也有人杀?还杀了两次?钱拿到了?"悟空问。

"拿到了。我告诉你,不是两次,是两个人,杀了四个!"红黑分明的马蜂精小人儿总算跟上了,忙不迭地说,"当时我就在窗外偷看这两个客人。这两人是一起来的,一个穿白衬衫一个穿红毛衣。问了价格后,白衬衫跟红毛衣说:'周兄,一个人一个亿,要不要杀一个玩玩?'红毛衣看着白衬衫不说话,白衬衫也不知道从哪里掏出来一把枪,举起来就是一枪,一个小娘应声倒地。红毛衣抓过白衬衫的枪,抬手也是一枪,又一个小娘应声倒地。白衬衫笑笑,把枪接过来,抬手又是一枪;红毛衣接过去,再一枪,然后白衬衫就愣住了,笑着说:'周兄真是财力雄厚,小弟佩服佩服。跟你开个玩笑,不要见怪哈。'"

"我当时就躲在边上。"黑多黄少的蜜蜂精小人儿说,"他们两个人叫了十二个暮雨小娘,另外八个都吓坏了。然后这两个人跟没事儿人似的,出门泡温泉。管家带着好几个男仆进来收拾,八个小娘也赶紧离开了。"

悟空听得连连摇头。

"遇见这种事情也算倒霉。"穿了身暗橘黄色底子、大黑圆斑点衣服的斑蝥精小人儿最后总结说,"但是也值了。我们给了被杀的小娘家里好多钱。据说四家千恩万谢,都乐疯了!"

"乐疯了?"悟空眉头一挑,一股愤怒的气息突然喷发出来,吓得几个小精怪面如土色。

悟空摇摇头,把气息压了回去。

马蜂精小人儿一边拍胸一边说:"你这个大圣不是好货,没事吓唬我们这些小妖作甚?"

"是啊是啊,显得很威风吗?"大鼻子白蜡精小人附和道。

"我们不理你了,你休想再从我们这里打听事情!"细手细脚的蜻蜓精小人儿说。

悟空瞪了它们一眼,小精怪吓得一哄而散,纷纷躲在远处,对悟空吐唾沫、做鬼脸。

这时,照古院的门开了,三四个小娘和仆役进来收拾院子,放置桌椅、花卉。接着进来了几个轻纱少女,再然后,三藏进来了,坐在搭建好的台上开始说法。

悟空听了一会儿,实在无聊,便又掐了个诀,隐身跑了。

回到他们下榻的柳新院,沙僧在整理行李担子,小白龙也来了,正坐着喝茶。八戒还在呼呼大睡,呼噜声隐约传来。

"大师兄,师父那里怎样了?"沙和尚问,小白龙也很关切地看过来。

悟空说:"没怎样,还在说法。"

"那,咱们什么时候走?"小白龙问。

"不晓得,看师父喽。"悟空说。

"这么急着走干什么?这里吃得好睡得好,咱们一路上哪里享过这种福……"八戒推开房门,一只手伸到裤裆里抓抓,一边打着哈欠一边说。

小白龙瞪了八戒一眼。

"你看我干啥,天塌下来自有那高个儿顶着。你啊,你是舒服够了,小娘都换了几个了吧?我们才到,舒服两天都不行吗。对了,午饭还没送啊?那早饭可还有剩的了?"

"二师兄,早饭早就吃过了,剩下的都收走了,再等二十分钟,也差不多该吃午饭了。"沙僧一边整理行李一边说。

小白龙不愿意理八戒,对悟空说:"大师兄,这里真的不能久待……"

"你还来劲了!我们这才第二天,第二天啊!"八戒转过身对小白龙说,"我反正不走,不过几天好日子,佛祖来了我也不可能走。"

"你就是个坏事的货,闯纰漏的鬼!不走你就留在这里,到时你别后悔!"小白龙气呼呼地对八戒说。

"师弟,你是不是知道些什么?"沙僧在一边插嘴。

小白龙张了张嘴,最后说:"不是,你们没发现,一切都不一样了……"说到这里,他看了看大师兄,没敢继续。

"那得空,大家都催催师父,早日上路也好。"悟空说。

小白龙看看这个,看看那个,也只好这么着了。

午饭是四个小娘送来的,看上去都是些平平无奇的包子、烧卖、煎饺、蒸饺之类的,每个人还给了一碗鹅黄色的粥,配一碟浅褐色的、看不出来是什么的小菜。

八戒抓了抓肚皮，嘴里没说什么，心里不免有"花无百日红，新盖的茅厕三日香……"之类文不对题的想法。结果一吃，浅绿色皮子包的翡翠烧卖，极其鲜美，口感软糯嫩滑，带一点松仁的香味儿。

八戒差点连舌头都咽下去了，问身边的小娘："这位姐姐，这是什么烧卖，怎的这样好吃？"

小娘捂嘴一笑，说："这是松子翡翠烧卖，用蔬菜汁调的烧卖皮，里面包的是松子、嫩得出水的豌豆、张家口过来的鲜口蘑和东北的松蛾切颗粒，加上上好的肥木耳一起切碎，最后和好糯米一起做馅儿，蒸出来的。"

八戒听了连连咋舌。

再吃那小小的素包子。皮薄馅儿大，一口一个，入口油润鲜美，也是一样停不下来。八戒特意咬了一小口，观察里面的馅儿，也就是青菜、粉丝、木耳之类的，忍不住又问边上的小娘："素包子我老猪吃得多了，这个素包子怎么这么好吃？"

小娘得意地笑笑，说："这是什锦素包子，我们厨房的美食家大人改良过，里面有十几种蔬菜呢。有嫩笋尖、矮脚黄青菜的菜心、自制的粉丝、肥木耳、胡萝卜丝、嫩豆腐皮等。最特别的是我们厨房自己磨的小磨香麻油，调和在一起，才成了包子馅儿。包子皮儿也是特别发酵过的，要求配合馅儿，不能太干也不能太泡；要有一点嚼劲，又不能破坏馅儿那种入口即化的口感……"

八戒吃得幸福感十足，眼睛都眯成了一条缝。如果人家要的话，他都恨不得以身相许了。

下面的素煎饺又把大伙儿惊着了。这素煎饺是整颗松茸切厚片,用好素油大火煎到八成熟,把香气和表面的硬壳都煎出来,封住松茸里面的汁水,然后切条,包在饺子皮儿里,然后再煎一次,煎的时候浇一大勺浓稠合适的面粉水,出一整张脆皮,包裹住所有的煎饺。一口下去,浓郁的松茸的香气和充沛的汁水喷薄而出,鲜得舌头都起鸡皮疙瘩。

八戒停不下来地吃了烧卖吃包子,吃了包子吃煎饺,最后就了一口粥,只觉得清凉爽滑甜软。他看向小娘,小娘会意,解释道:"这粥没什么,就是本地一种长得奇丑的老南瓜蒸熟后过细筛,外加本地一种特别好的粳米,压碎后混一点点进去,用瓦罐小火慢熬,吃的时候冰镇。"

再吃一口搭配的小菜,不像大头菜那么软绵绵的,也不像榨菜那么脆,很鲜甜,搭配那个什么自制的小磨香麻油,八戒只觉得做了这么多年和尚,以前的素斋都白吃了!

小娘已经知道八戒要问了,主动介绍说:"这是花菜梗,花菜上面做其他用处了,把梗切下来,调个汁水,腌一夜就好了。"

"你们的美食家大人也是和尚?"八戒忍不住问。

"当然不是。"

"他不是和尚,怎么做得出这么好的素食?他肯定是和尚,天天研究素食。"

"美食家大人什么都会做,其实这次是他第一次做纯素菜呢。"小娘骄傲地说,"咱家美食家大人常说,'天生万物,皆为一餐',怎么能只限于素食。"

一旁的悟空眼皮一跳,瞥了眼说这话的小娘。

这顿午饭,八戒吃了二十六个什锦菜包子、三十八个翡翠烧卖、五六碗南瓜绒粥、七八碟小菜,外加足足四十个松茸煎饺。

连小白龙也吃了二三十个各式点心。

每要吃完,小娘们就会及时上新的,并且每次都要嘱咐一句:"大家慢慢吃,多着呢,分次上,保证大家都吃热的,热的好吃!"

一顿饭吃了快两个小时,也不谈话,师兄弟四个就是闷头吃。最后八戒快撑晕过去了,四仰八叉瘫在椅子上。

小娘们收拾了残局,然后给大家端上热茶。管家说:"各位圣僧请休息吧。另外,美食家大人让我带句话,他很开心自己做的食物能得到大家这样的喜欢,他已经很多年没做吃的做得这么痛快了,后面一定给大家做更好吃的东西!"

八戒听了又想欢呼,又想投降——撑得实在太难过了。

小娘们陆续出去,把门带上了。小白龙端起茶喝了一口,是上好的陈年普洱。他对八戒说:"二师兄,喝点普洱消消食吧。"小白龙压了又压心里的火气,想跟八戒缓和缓和气氛。这家伙在师父那里吃香,又记仇,老针对自己,坏了大事就不值当了。

八戒只是哼哼,悟空白了他一眼。

"大师兄,这下二师兄是肯定不肯这么快走了。"沙僧捧起一杯普洱,吹了吹,笑呵呵地说。

小白龙的脸色瞬间更难看了。

第四章

濯垢泉的主人

缥缈虚空中，悬空横着一条巨大的河。

这条河极为广阔，巨舰行于河中，就仿佛小蚂蚁爬行在巨树的树干上。从巨舰上放眼望去，四周不见边际，只见带着古怪荧光的茫茫河水。

一小群蚂蚁缓缓前行，遇见了一大群蚂蚁，数量有小蚂蚁群的五倍之多。小群蚂蚁中最大的那只蚂蚁——一艘楼船主舰的五层楼甲板上，一群将士簇拥着一位身穿黄金山纹甲的魁梧将领。

"五天大魔今日齐聚于此，想一举打垮我们天庭水军，我们是逃是战？"魁梧将领的询问声像一记巨大的闷雷，在舰队上空轰隆作响。

"战！战！战！"

所有的水军用武器有节奏地敲击着盾牌或船身，同时咆哮起来，配合着震天动地的战鼓声，端的撼人心神。

"对方人数是我们的五倍，怎么办？"魁梧将领又问。

"死战！死战！死战！"富有节奏的咆哮声再起。

魁梧将领大笑起来，笑声甚至压住了震天的呐喊。

"今天我卞庄就与诸位，在这天河上，以一支舰队死战五天大魔！何等快哉！何等壮哉！儿郎们，开战！"

"小蚂蚁群"里突然冲出二十条速度特别快的"狭长蚂

蚁"——艨艟舰。这种舰有船楼两层,底部两侧开窗,二十多根长长的船桨从里面伸出来,按统一的节奏划动,小舰仿佛在闪烁着银光的河面上飞。二十条艨艟舰,向着左侧一条跑得太快、稍微有些脱离船队的对方楼船旗舰直冲而去。

"大蚂蚁群"瞬间沸腾了,楼船旗舰拼命地想往后退,但前进的惯性太大,任凭水手们如何努力,楼船依旧缓缓地向前。"大蚂蚁群"的其他舰队,弓箭和长矛雨点一样向艨艟舰上投射,然而艨艟舰上覆盖着韧性十足的异兽皮,根本穿不透。

最前面四艘艨艟舰从两侧斜着接近了楼船。楼船上的西方白天魔张市,一颗巨大的头颅上长着六只眼睛,这时六只眼睛都目眦尽裂。他咆哮道:"退回去退回去!"船上长得奇形怪状的各种天魔手忙脚乱地操作着船桨往回划,然而已经来不及了。

艨艟舰里划船的二十个力士浑身都开始冒起白光,大声咆哮着划动船桨,向着楼船旗舰斜冲而去。最后一下,二十支船桨齐声而断,艨艟舰更是脱水而出,一头扎进了楼船中。力士们身后站着背生双翼的天兵,在撞上的瞬间从背后抱着力士离船而去。远处云层中,电母的身影闪现,四道闪电疾疾打向四艘艨艟舰。艨艟舰没有防护雷法的法阵,反而填满了火药和油膏,四声爆炸声几乎同时响起。躲避不及的力士和天兵瞬间就被卷了进去,而成功跑掉的力士和天兵,在漫天的箭雨中也是疲于躲避,最后逃回附近船上的不到三分之一。

敌方楼船旗舰拦腰被炸成了三截。没有欢呼,甚至没有天兵多看一眼。分散开的另外十六艘艨艟舰向着西方白天魔剩下的船队冲了过去。失去了旗舰的船队乱成一团,艨艟舰如入无人之境。其后,巨大的斗船跟上了。斗船上竖着长长的拍杆,像个巨大的苍蝇拍，只不过拍头是异兽诸怀巨大的头，上有四角。斗船驶入敌方船队，拍杆四下挥舞，凡被诸怀四角击中的舰船无不应声而碎。没被击个正着的，斗船上的天兵就纷纷从四层的船楼上居高跳进敌船，屠杀四散奔逃的天魔。

溃散的西方白天魔船队冲击到了另外四个天魔的船队，混乱正在扩散。卞庄飞快地下达着指令，被传令兵转成旗语传达到舰队的各个角落。突然卞庄觉得耳朵一疼，他甩了甩头，没细理会。这一会儿，每耽误一秒，就要搭上不知多少天兵的性命。

可就在耳朵一阵钻心剧痛的同时，一个闷雷般的声音响起。

"呆子！呆子！快醒醒……"

八戒一下醒了过来。满耳似乎还是震天的喊杀声，满眼似乎还是熊熊燃烧的水面，然而身前却是六个身穿各色轻纱的少女，在笑盈盈地看着自己，一个身穿粉色衣服的更是咯咯咯笑出了声。

八戒一瞬间有点恍惚："我是谁？这是哪儿？我怎么变成了现在这个样子？为什么所有人看我的眼光里都带着戏谑……"

众人都以为八戒看面前姿态各异的六个大美女看呆了，没搭理他，自顾自地说着话，只有悟空偷偷掐了把八戒的胳膊，小声说："呆子，把口水擦擦。"

身穿大红色轻纱、看上去年纪最大的少女说："现在才来迎接各位长老，实在抱歉。我们姊妹七个每人都管着一大摊子事儿，这两日又忙着听圣僧说法，难得凑在一起；单独来欢迎各位长老，又显得不隆重……"红衣少女顿了顿，"即便这样，今天还是只来了六个姊妹，我二妹实在是抽不出时间，还望各位长老见谅……"

悟空客气道："好说好说。"

"各位长老,不知道在我们这小小濯垢泉还住得习惯吗?"

本来大家以为八戒会抢先回话,表达他这几天吃得住得有多满意,谁知道八戒依旧怔在那里,仿佛失了魂似的,小白龙只好接话道:"各位仙子真是客气了。在下有亲友是濯垢泉常客,我知道,这接待我们的规格已经是比贵宾还要贵宾了。"

"既然住得习惯,就多住几天好了。"先前咯咯娇笑的粉衣少女在一边插嘴道。

"吃住,当然是特别好,但我们师徒几人还身负取经大任,各位仙子的好意只能心领。若我们取经归来还路过濯垢泉的话,一定好好叨扰一番……"小白龙继续说。

红衣女子笑了笑,说:"取经大事,着急不得,好歹等我们向唐长老请教完佛法再上路嘛……哦,对了,小女子真是没规矩,还没跟各位长老自我介绍一下。我是濯垢泉的大姐,朱红衣。在濯垢泉,有什么事情都可以找我。"说完,她浅浅一笑。

这红色轻纱少女身材高挑丰盈,一张端端正正的很大气的脸,眉目清丽,一头黑直发梳成一个髻,上面插了一根象牙发簪,发簪上挂了一条细碎的红蓝宝石链子,随着她的动作轻轻晃动。

"我是老三,朱紫璃。"边上穿紫色衣服的少女说。她神色温婉,相貌端庄大方,身上没有什么配饰,只在手腕上戴了一只绿油油的翡翠手镯。"濯垢泉的小娘或男仆有做得不到位的地方,大家都可以跟我说。对了,我二姐今天没来,她叫朱蓝滟,以后你们在濯垢泉看见穿我们这种衣服,却是蓝色的,就是她了。又或者说,你们在濯垢泉看到个姑娘,觉得濯垢泉好像哪个姑娘都不如她美,那就是她。"说完,朱紫璃捂嘴笑了笑。

对于朱蓝滟最美这个说法,似乎几个姐妹都没有异议。

"我是老四朱橙新,我管厨房。当然我主要负责管理,吃的都是美食家先生负责。所以吃得不合胃口,找我也没用,盘子不干净、没餐纸这些倒是可以找我。"四姐是个非常爽朗的女子,六菱脸庞,脸上淡妆化得也不是很仔细,但两片薄薄的嘴唇涂得亮汪汪的,而且细细雕琢过。她全身橙色轻纱衣服,一头蓬松云鬓,全身也没有什么配饰,只有领口别了个款式别致的景泰蓝小别针。

"我是老五朱绿蕉,我不负责什么……"绿色轻纱的少女小声说完这些,似乎有些惭愧,脸有些微红。她体态柔弱,说话也轻声细气。一头滑顺的黑直发挽起来,垂在身后,一张瓜子脸,眉目如画,皮肤白嫩,有一点脸红都看得清清楚楚。

"我是老六朱黄翠。"一身嫩黄轻纱的少女说,"我在濯垢泉专门负责接待贵宾,本来应该由我亲自接待各位贵客的,但这位公子这么英俊潇洒……"朱黄翠抛了个媚眼给小白龙,"这位大哥又这么有男子气概……"朱黄翠又抛了个媚眼给沙僧,然后看了看八戒和悟空,犹豫着顿了顿,"小女子怕把持不住哈,小女子倒无所谓,但耽误了各位长老的取经大业,小女子实在承担不起,只好今天才来。"

朱黄翠的一身黄色轻纱和她姐妹的稍有不同,似乎更薄更透一些,而轻纱内的衣服布料也更少些。每每走动和抬手,似露非露之间,都能让人忍不住心中一荡。

"我是七妹朱粉蕊,濯垢泉我也不管事,谁让我最小呢。"朱粉蕊笑嘻嘻地说。她是个圆脸少女,身材似乎还没有长开,粉色轻纱上缝了好多个小小的蝴蝶结。

"你们这七个妖精,执意挽留我师父,到底有何居心?!"悟空早就从土地那里知道了这七个姊妹的底细,知道这六个都不是人，也不跟她们客气。

大姐朱红衣的眉头皱了皱，老五朱绿蕉脸色有些发白，而七妹满脸怒色，似乎还有些古怪地难过。

"大圣，我们姊妹挽留唐长老并无他意。我们姊妹一向崇佛，难得有机会亲自向圣僧讨教，当然是能留一刻是一刻。而且说起来，我们和唐长老颇有渊源，大圣何必以小人之心度我们。"

"哦？你们和我师父有渊源？愿闻其详。"沙僧在一边问道。

大姐叹了口气说："既然大圣已知道我们的底细，我们也就不隐瞒了。我们姊妹乃西方七蛛，近千年才修成人形，其间诸多艰难，不足为外人道。八百年前，我们姊妹其实共有八个，在如来座下织网捕虫。当时灵智未开，有一日网到了几只小虫，便捆绑残杀，大快朵颐。这一幕被大势至菩萨看见，曲弹一指，灭杀了我们一姊妹。文殊菩萨制止，说我们蛛类多捕获害虫，造福人间，不要妄下杀手。大势至菩萨说，看这蛛凶残乃发自本性，目前尚力小体弱，以虫为食，又恰好虫中以害虫为多，今听了佛法，以后体长力大，飞鸟莫逃其毒手；长此以往，就连世人也别想逃过蛛网。两位菩萨争执不休，正好如来座下二弟子金蝉子——也就是你们师父的前世——路过，听了两位菩萨的争论后，他说：'八蛛本无智无识，亦无善恶，然尔出手，强加善恶，此大恶也。'大势至菩萨愧而离去，这才保住了我们姊妹的性命。此后众菩萨更是容忍我们余下的七蛛在如来座下听经修佛。后来我们灵智一开，再无残害过生灵，还常为善事。唐长老于我等有大恩，我们又怎么会加害长老呢？"

悟空冷笑两声，大姐脸上也泛出薄怒，继续说："如若大圣不信，大可在附近打听打听，我们濯垢泉的名声到底如何，有没有行过恶事？"

小白龙接口说："是不是要留一段时间，还是得看师父的意思，各位仙子不要介意，我大师兄疾恶如仇，就是这样的性格。"

大家都沉默了一会儿，悟空脸色缓了缓，大姐脸上也重新浮起了笑容，说："过两天我们还要专门设宴欢迎各位贵客。美食家先生这几天在准备食材，届时还请各位长老一定赏脸。"

小白龙说："让主家破费了。盛情难却，我们一定到。"

六个姐妹齐齐向师兄弟四个行了万福礼，然后告辞而去。

面对六个各具美态的大美女，本来大家都以为八戒一定丑态百出，结果八戒一直都浑浑噩噩的。大家都以为这呆子是被六个美女的美色镇住了，也都没往心里去。可谁知道到了晚饭时候，八戒也没出现。

也许是那个美食家怕这几天的饮食太好，显不出那顿宴席的好来，这天的晚饭相对前两天的要稍微逊色一些。不过就算如此，也比往日的斋饭好吃多了。大家以为八戒是要从现在开始为那顿宴席留肚子，悟空还笑话了一阵。只有八戒自己知道不是那么回事。

天色黄昏，八戒一个人在濯垢泉里溜达，溜达到了濯垢泉的后山观景台。

天边一片火烧云好像正在熊熊燃烧，仿佛那一日的天河水面，八戒怔怔地看着。

"二师兄，怎么晚饭也不吃，在这里发呆啊。"

八戒回头一看，是沙僧。他摇了摇头，说："今天下午我做了个梦……"

"哦？梦见什么了，让你这么牵肠挂肚的？"

"梦见……梦见一些过去的事。我以为都已经忘光了,谁知道,在梦里历历在目。"

"什么事啊?"沙僧问。

八戒看了眼沙僧,摇摇头说:"没什么,我的那些破事,你还不知道吗?"

"又想嫦娥啦?"沙僧问。

八戒不置可否。

嫦娥这件事跟玉帝牵扯颇多,既然八戒不愿意说,沙僧也不敢多聊。师兄弟两个说了几句场面话,沙僧就离开了。

天边的火烧云只剩一条线,快要没了。八戒默默看着,却突然想起,很多年以前,那些看自己的眼神。同级的羡慕,上级的赞赏,而那些下级和最下级的天兵看自己的眼神,是信任,还有赤裸裸地、不加掩饰地崇拜——天蓬元帅啊!整个天庭有几个元帅?!

只是什么时候开始,所有人看自己的眼神都变得戏谑了呢?

第五章

五村一镇

一大早,悟空拉着小白龙,落在土地的土别墅院子里。土地和土地婆正在房里喝粥吃油条,见大圣来了,忙不迭地丢下饭碗,跳下凳子,用手抹了把嘴,跑出来迎接。

悟空实在没事做。三藏又去照古院说经了;八戒又吃多了,犯困,回房睡回笼觉;沙僧依旧收拾着那挑担子,把一件件行李掏出来摊在院子里晒太阳,到下午再一件件装回去,似乎永远也收拾不完;小白龙又来催出发,被悟空不由分说地拉着来找土地吹牛。

"大圣,大圣……怎么有空到小老儿这里来?哦,还有白龙大人……"

"没事,来找你聊聊天。"

土地婆扭着屁股搬了三张比她还高的凳子出来。悟空跳上凳子,蹲在上面;小白龙掸了掸凳子,坐了上去;土地不敢坐,站在下面,仰着头看着大圣和白龙大人。

"咱们这地方,附近有多少人家?"悟空问。

"现在人越来越多了,有一万三千多人,分散在五个小村:大山凹子村、枇杷堰、陈岗、射乌山、螺蛳冲,此外还有一个花石桥镇。"

"这附近可有什么妖怪猛兽?"

"以前野兽多，常有大虫进村伤人。现在人多了，就连野猪都少见了，都躲到深山里面去了。"

"那妖怪呢？"

"妖怪嘛……有是有，不少呢，"土地老儿往濯垢泉那里扬了扬下巴，"但有那几位镇着，咱们这里的妖怪还真不敢做什么伤天害理的事儿。"

"昨天濯垢泉的那几位跟我们说她们在附近名声极好，是真是假？这妖怪也有好的？"小白龙问。

土地老儿呵呵一笑，说："咱们这几位娘娘，还真的不错，不过这也是有原因的……"

说到这里，土地婆用个小竹匾送了满满一竹匾的瓜子花生过来。悟空蹲在凳子上，伸手抓了把，一边嗑瓜子、剥花生，一边把壳扔地上。

土地也抓了把，一边嗑，一边继续说："这几位啊，是从盘丝洞里出来的，一开始住在盘丝洞外面。那时不知为什么，她们忘记自己是妖怪了。七个都是女子，长得又漂亮，那些年，年景不好，又乱，很是吃了些苦头。本地有个男人，心好，帮了她们不少忙，也不求什么回报，后来她们大姐就嫁给那个男的了。再后来本地土匪里出了个大王，看上了这七个女子，想都抓回去做压寨夫人。那大姐的夫婿当然不同意，结果就被大王给杀了，然后把七姊妹都抢到了寨子里。然而不知怎的，一夜之间，七姊妹都想起了自己是妖怪，把个寨子杀得鸡犬不留。再然后就不知从哪里找了个靠山，占了濯垢泉。她们自己做过人，知道为人不易，占了濯垢泉后，对本地百姓很好，很多受了土匪欺负的都去找她们哭诉。土匪先是被消灭得七七八八，剩下的不成气候，也都慢慢走掉了。一些为祸一方的精怪，要么被收了，要么打死了。自那以后，咱们这里基本上都知道这七个姊妹是妖怪，但感念她们安定一方，对她们是感恩戴德。后来有些喜欢在人间生活的妖怪，得知咱们这里妖怪不但可以光明正大地生活，身份地位也可以混到很高，都慕名而来。最后七搞八搞，就搞成现在这样了……"

"哦，人妖混居哦。"悟空抓了抓头，"我还真是第一次见到这样的地方。对了，她们是盘丝洞里出来的，这盘丝洞又是什么情况？"悟空问。

"娘娘们一开始连自己是妖怪都记不住，更记不住为什么会从盘丝洞里出来。这盘丝洞不知存在多久了，深不见底。当地有些胆子大的进去探过，最深的一次，据说是走了两日都不见底。再往下，就岔路极多，探洞的人怕迷路就退出来了。后来还有探洞的失踪过，往后就再没人敢进去了。七位娘娘原来住在盘丝洞里，后来不知道找到了什么靠山，把七仙女的濯垢泉抢了，就全部搬到濯垢泉去住了，盘丝洞也就慢慢荒废了，现在基本上没有人去。"

"知不知道她们的靠山是谁？"悟空问。

土地似乎被这个问题吓了一跳，左右看了看，然后慢慢靠近悟空，努力地踮起脚来，胡子几乎都要贴到悟空耳朵上了，然后说："这谁敢问啊。这濯垢泉来来往往的，神仙嘛，太白、二郎神都来过；大妖嘛，牛魔王也来过。更别提她们还能生生从七仙女手上抢地盘……"土地咽了口口水，用手指了指天，"有传言说是上面的，很上面。具体是谁，不知道。"

悟空点了点头。

"人妖不分，秩序混乱。"小白龙冷冷地哼了一句。

土地在边上尴尬地笑。

"要不,麻烦土地老儿带我们去镇子看看。"悟空说。

土地把手上的瓜子一扔,说:"好,我带你们去!"

土地将悟空和小白龙带到花石桥镇外面就告退了。

悟空变成了个两撇小胡子的游商,小白龙还是浊世翩翩佳公子的模样,一猴一龙,在镇子里游逛。

这里看上去和大唐普通的镇子也没什么区别。进镇子的路口有一座大石头牌坊,然后是一条长街贯通镇子——这也是最热闹的地方了。街上有卖包子、馒头的,有卖馄饨、面条的,有卖布料、首饰的,有卖成衣、鞋子的……有老人带着孩子在逛街,孩子手上还拿着一个大大的糖画;有小孩骑在父亲脖子上东张西望;还有一群小孩儿,成群结队,在大街上打打闹闹,呼啸而过。

然而细看,就看出奇怪的地方来了。有的人走着走着,屁股后面就拖出一条尾巴来。有毛茸茸的大尾巴,有细长的小尾巴,有粗粗的短尾巴。而仔细一看那些成群结队的小孩子,里面还有没完全化成人形的,一身毛,脸也不是人脸,但并不妨碍他和其他小孩子一会儿扭打在一起,一会儿亲密无间地勾肩搭背。

镇子中间,是一栋大酒楼,叫盘丝楼。有干净利落、神气活现的小伙计在门口招揽生意,一条尾巴也在身后神气活现地摇着;厨房里大师父冷油热锅,下菜时发出刺啦一声;厅里有穿堂而过的上菜小厮,有边吃边聊的着丝穿绸的阔客,还有那卖唱的姑娘,一手琵琶叮叮当当,如银珠落玉盘——她身后有三条毛茸茸的尾巴,一看就是还没修炼到家的九尾天狐。

盘丝楼边上的巷子,各种吃食店挑出的幡子琳琅满目,有胡饼、果儿、热茶铺子等。热茶铺了里有说书先生；卖饽饽的老板吆喝着："咸口的蟹黄馅儿出锅咧，甜口的樱桃馅儿还要等下一炉"；有卖酱肉的，一个酱好的大猪头放在砧板上热腾腾地冒着气，老板挥刀如飞，嗒嗒嗒地剁着酱猪蹄、酱口条、酱肘子；烤肉铺子有各色肉食，还有烤驼峰，先片薄片，刷酱料，然后上烤架，一会儿就熟，铺子前排起了长队；还有卖各色酱和酱菜的，大坛子排了一溜儿，上盖纱笼，老板用个长柄勺子从里面挖出来……

悟空在大街上还看见一个穿金戴银的有钱人，趾高气扬地牵着一条同样趾高气扬、长得像山猫的天狗。那天狗身上棕黄，头颈却是白的，偶尔榴榴地叫两声。这种动物悟空都没见过活的，还是从叫声认出来的。养这个据说可以避刀兵凶险。

悟空和小白龙看得目不暇接，一直逛到下午三四点，悟空说："咱们不能只看啊，得找机会问问情况。"

小白龙说："我来吧！"

小白龙天生英俊潇洒，风流倜傥，有女人缘也有老人缘。他到三五个老妇人晒太阳的地方，借着问路，跟她们聊了起来。

"大娘，你们这镇子真繁华。我走南闯北，很少见到这么繁华的镇子。"

"谁说不是呢。"一个大娘乐呵呵地说，"这都多亏了濯垢泉的娘娘们啊，大家手上有了钱，能吃能喝，把附近的能人都吸引过来啦！"

"濯垢泉的娘娘们给大家发钱啊？"小白龙打趣道。

"一来，这濯垢泉啊，周边多少户人家的儿女都在里面工作呢。待遇又好，工资又高，一个人在里面工作，养活一大家子还有富余。二来，有了濯垢泉这么个地方，好多人都来玩，来那个，那个叫什么……来消费！咱们好多东西都卖出去了。像枇杷堰，那枇杷多好，以前吃不完，都白白烂掉，现在呢，不够卖！就是价格越来越高，我们本地人都要吃不起咯！"

这大娘看来非常有见识。

"这濯垢泉我也去看过，一共三十二个院子，娘娘们自己就住了七个，剩下也就二十几个能对外开放，有这么挣钱吗？"小白龙继续说。

"话不能这么说啊……"有见识的大娘说，"濯垢泉吸引来的是最有钱的人，这些有钱的来得多了，难免很多人跟风。等跟风的人来了后，发现他们根本住不进濯垢泉，住不进濯垢泉还是得找地方住啊，这样好多其他的什么会所啊、温泉旅馆啊就都修起来了。濯垢泉的娘娘们没有独霸濯垢泉泉水，也引出来给大家用。除了住，这些人还得吃、还得喝吧……"大娘掰着手指头算。

另一个一直没说话的瘦瘦的大娘，冷不丁来了一句："好是好啊，就是……"

边上几个大娘不等她说完，就劝解道："周大妈，你也想开些，谁家不是呢。"

周大娘居然抹起眼泪来了，边抹眼泪边说："道理是这个道理，我就是心里难过……"

几个大娘也都唏嘘不已。

悟空和小白龙在一边听得莫名其妙，但是再问就问不出什么有价值的信息了。只有一个大娘漏了一句："不管怎么说，要到四十岁呢。"

小白龙和悟空都以为是濯垢泉里会大批辞退四十岁的人。在濯垢泉这两天，确实见不到年纪特别大的，连洗菜和打扫卫生的人，最老也就三十多岁的样子。

三藏在照古院说完佛法，用了点非常精致的素斋，然后和今日来听经的几位女施主告别，谢绝了带路的小娘，一个人往柳新院走。

濯垢泉里基本看不见什么人，偶尔一两个路过的客人和小娘都向三藏遥遥合十行礼，三藏也一一回礼。

自从到了濯垢泉之后，三藏总有一种似曾相识的感觉，似乎有些很重要的东西一直在眼前晃荡，但就是抓不住。先前三藏以为自己要顿悟了，有些欣喜，但今天说完法后，他心情有些沉重。这感觉绝不是顿悟，因为那些被重重迷雾包裹着的东西——三藏现在能感觉到的一些——是各种纯粹的情绪，里面有疯狂、痛苦和绝望……

"这是要入魔了吗？"三藏忍不住往这个方向想，但每次一想到这儿，脑袋就仿佛被烧红的铁棒烫了一下，吓得他赶紧断绝这个念头。

三藏一边想着一边走，突然觉得心里一跳。三藏站住了，似乎刚才有一瞬间，那些迷迷蒙蒙若隐若现的东西差点就显现出来。他四处观望了一番，发现自己走到了濯垢泉中心的小花园。他一边提心吊胆，一边又忍不住在花园里四处走动，感觉走到西北角的时候，心中那团迷雾的"壁"似乎最薄。三藏就定定地站在那里，反复体味着内心中那些虚无缥缈、捉摸不定的东西。

过了好久，有一个男仆路过，向三藏行了个礼。三藏一把抓住他，问道："这位施主，往这个方向去是什么地方？"三藏指着中间小花园的西北角。

男仆扭头看了一眼,又想了想,说:"那个方向过去是盘丝洞。"

"盘丝洞?"三藏重复了一次,然后向男仆行礼告别。

回到柳新院,悟空、八戒、沙僧、小白龙都刚刚吃过晚饭,正坐着喝茶,见师父回来,纷纷起身给他让座。

三藏坐下后,小白龙第一个开口:"师父,我们什么时候出发啊?"

三藏说:"等我说完这部《摄大乘论》,我们就走。"

"大约还有多久?"还是小白龙问。

"还有个三五天吧。"三藏说。

师兄弟四人相互看了看。在这之前,三藏从来没有在一个地方待过这么长时间,都是心急火燎地喊着"西去,西去"。

"师父,今天我和大师兄去镇上转了转。这里很奇怪啊,人妖混杂,大大方方的。而且这濯垢泉也不像表面看到的这么简单。另外,不知道为什么,徒儿在这里总是心神不宁,咱们还是早点起身早点走吧。"

"这个自然。对了,悟空啊,"三藏明显没有把小白龙的话放在心上,转身跟悟空说,"你知不知道,这附近有个盘丝洞?"

"知道啊,土地跟我说过,说这里的七个蜘蛛精就是那里出来的。"

"悟空!"唐僧训斥道,"这里的几位女施主诚心向佛,你不要蜘蛛精、蜘蛛精地叫她们。"

"那她们到底是不是蜘蛛精呢?"悟空无端被训,心里有气,反问道。

"你这泼猴!"唐僧很不高兴地站起来,骂了悟空一句,甩手回屋。

"猴哥,这就是你不对了。"八戒看唐僧走远听不见了,回过头来,笑嘻嘻地说,"你不知道咱们师父稀罕这几位女施主啊……"

"二师兄,小心被师父听见。"沙僧说。

"不怕,听见又怎样,他还好意思跟我争他到底稀不稀罕这几位女施主?"八戒摇着大耳朵。

小白龙在一边出神,眉头紧皱。

"师弟,你烦心什么呢?"沙僧问小白龙。

小白龙摇了摇头,勉强笑了笑,没说什么。

春快去,夏快来,日头渐长,天气渐热,师兄弟四个坐着喝了一会儿茶。一直伺候这个院子的绿衣春风小娘名叫阿娇,进来添了几次水。然后小白龙告辞,八戒继续回去睡觉,沙僧收拾收拾准备泡个温泉。悟空在院子里待得烦闷,一个筋斗上了盘丝岭,找了个高处,坐着抽起了烟。

天渐渐黑了下去,盘丝岭下,人间灯火一点点亮起来。最辉煌的是濯垢泉,然后是花石桥镇。周围几个村子的灯火有大有小,大的仿佛几颗凑在一起的星星,小的仿佛一颗孤星。天上的星也渐渐亮了起来,一时间天上人间连成一片。

悟空连抽几根烟,嘴里发苦,蹲在石头上蜷着身子,一边无意识地咬着大拇指指甲,一边看着山下。

"这是第四天了……"悟空想着。

忽然,悟空遥遥看见盘丝岭下,似乎有一道暗淡但是巨大的光芒一闪，仿佛一只巨大的眼睛眨了下。悟空站起来，向下仔细望去，那光传来的方向似乎是盘丝洞。他一个猛子扑了下去。

盘丝洞门口的几栋建筑，乌沉沉，静悄悄。悟空快速转了一圈，别说妖怪了，一个人、一只动物，甚至一声虫鸣都没有。这地方荒废多年，杂草丛生，窗户都破破烂烂，墙体发黑，墙皮剥落，有的房子顶已经塌了，夜色里像极了一只只巨怪。

悟空突然听见类似潮汐一样的声音，循着声音找过去，找到了建筑后面的那个盘丝洞。他放轻脚步，慢慢走过去，在洞口，果然清清楚楚地听到了水流之声。往洞里看去，只见洞里比外面更黑，仿佛潜伏着什么。他侧过身仔细聆听，有微风一阵一阵地吹到脸上，像什么生物的呼吸。

悟空再不迟疑，掏出金箍棒，掐了个诀，金箍棒棒头冒出熊熊火光，然后他一矮身钻进了盘丝洞。

盘丝洞入口窄小，向里越走越大。晃动的光线下，嶙峋怪石仿佛都活了过来，似乎到处都躲着妖怪。

悟空一路往下，潮汐水流声越来越响，洞顶也慢慢有两人来高了。又走了七八分钟，石洞突然扩张到一间礼堂那么大。他走出来的地方是一块突出石壁的巨石，巨石下黑乎乎的，深不见底，有水汽扑面而来。震耳欲聋的潮汐水流声从下面传来，悟空把金箍棒冒出熊熊火光的一头朝下面照了照，光线穿不透下方浓重的黑暗和雾霭。待把金箍棒举起来的时候，不知是反光还是错觉，悟空似乎又看到有一只巨大的眼睛在下面眨了一下。

悟空心想，巨石下应该是一条巨大的地下河，正好涨了水，才会发出如此大的声响，然后这声音又被重重石壁闷在了山中。他把金箍棒火炬向着巨石对面照了照，同样，什么都看不见。

"也不知是什么妖怪躲在这里装神弄鬼。"悟空想,"不敢当面较量,估计也不是什么厉害玩意儿。"他决定不再深究。他自然是不怕,可身边还有个三藏,还是能早走就早走,别再节外生枝。

悟空转身准备出去,谁知道这一转身,悟空呆住了。在背后七八米高的洞壁和洞顶上,密密麻麻画满了无数大大小小的眼睛,有的做怒目状,有的半垂眼睑,有的媚眼如丝,有的含情脉脉,有的泫然欲泣……

无数眼睛,不知有多少,从各个角度看着他。悟空把金箍棒火炬缓缓上下挥动想看个仔细,在光线的变化下,有的眼睛还仿佛在不停眨动。

悟空举起金箍棒火炬,靠近细看。这些眼睛都是雕刻出来的,然后填色,勾画得很细致。用手摸了摸,石壁很坚硬,看来花了不少工夫。除了画满眼睛,山洞里再无异状。

"装神弄鬼!"悟空嘀咕了一句,然后又退了回去。在金箍棒火炬闪烁的火光下,悟空突然看见洞口外有个身影一闪而过。

"谁?"悟空大喊一声,紧接着就追了出去,一直追到洞口。出洞后,外面依旧静悄悄,一个活物也没有。

悟空相信自己绝对没看错,也相信这世上无论什么妖怪,甚至神佛,在自己的追击下,都不可能逃得这么干净。

悟空陷入了沉思。仔细回忆那个身影,总觉得有点眼熟,但怎么也想不起来到底是谁。

柳新院,沙僧一个人泡在池子里。他晚上喝了些素酒,加上热气一蒸,就慢慢地迷糊过去了。

……

少年和二哥三哥喝了两顿酒后，跟谁也没说，拎了把刀，反扣好家门，就离去了。

天上飘着鹅毛般的大雪，脚踩在雪地上咯吱作响，鼻孔里呼出的两道白白的热气又长又直。

郭箔是本地大侠，少年极仰慕，但新来的县令常常无缘无故地羞辱郭箔，少年的几个哥哥都很愤怒，每顿酒都忍不住破口大骂。少年连续喝了几顿这样的酒，就在心里做了这个决定。

大雪漫天，连狗都不叫了，不知都躲哪儿去了。

县令家的围墙并不高，少年没费什么力气就翻了进去，里面一共四间大屋，两间亮着灯。少年向正中间的大屋走去，这时边上亮灯的一间屋子突然咯吱一声开了门，出来个驼着背的老婆子，手上端着盆洗脚水，准备往院子里泼。也许是因为昏花的老眼，一时没看清少年，正歪头想看个仔细，却被少年上前就是一刀砍在喉咙上。喉管被砍破了，老婆子用力地想喊叫，但只发出漱口一样的咕噜声，那是带着大量气泡的血从喉管涌了出来。老婆子鸟爪一样的手紧紧抓着门框，然后慢慢松开，身体也倒了下来。血在雪地里漫延开，黑乎乎的，污染着洁白的雪地，亮灯的窗户映出的微弱光线下，可以看见血上冒着的热气。

其实郭箔并不认识少年，少年也仅仅有一次远远见过郭箔，那是一个矮小精悍的小老头。不认识不代表就不能来，甚至正是因为不认识，少年才觉得能来，也该来。

"干娘，干娘，出什么事了？"有一间没开灯的房子里，传出一个妇人的声音，少年没理，径直推开了正中间亮灯的那间房。房里有一个国字脸的中年男人，正在一盏油灯下写东西，一只手上还抓着毛笔,此时惊愕地抬头看过来,少年能看见中年男人额头上被油灯熏黑的一块。少年知道,他就是县令,有一次一个哥哥远远地指给少年看过。

少年一脚踢开面前挡路的凳子,冲上去就是一刀。县令伸手去挡,刀砍进了县令的小臂,没能砍断,县令惨叫起来,少年拔刀又砍,县令又伸出另一只手挡。一时不能如愿,少年发起狠来,鼓起腮帮,没头没脑地对着县令的两条手臂猛砍。县令惨叫着,两条手臂终于都举不起来了,跌坐在地。少年再上前,终于一刀砍中了县令的脖子,惨叫声戛然而止。

少年背后响起一声尖叫,少年回头一看,是一个中年妇人,脸因为惊恐而扭曲着。少年抬手就是一刀,砍中了反身奔逃的中年妇人的屁股,却没见血,少年有点奇怪,拿起刀来仔细看了看,只见刀刃都已经卷起来了。这是他随手拿的一把刀,质量不太好。

少年丢掉刀,拔出腰间常年随身带着的一把短匕首,跟出房门。中年妇人已经逃到院门处了,但因为吓得手忙脚乱,一时打不开院门,只是不住地尖叫。

少年合身扑上,只一匕首就将她捅了个"透心凉"。妇人在地上抽搐了一会儿,不动了。少年四下看了看,看见院子的一角站着两个七八岁的小孩,个子高些的是女孩,个子矮些的是男孩。两个孩子都是紧紧闭着嘴巴,一声不吭,瞪着大大的漆黑的眼睛看着他。少年上前,一刀戳进女孩细细的脖子,一搅,抽出来。女孩还是一声不吭,就是一手捂住自己的脖子,一手死死地抱着弟弟,试图把弟弟保护起来。少年又一刀戳进男孩细细的脖子,一搅,抽出来。血从弟弟的脖子里汹涌而出,姐姐徒劳地用另一只手去捂弟弟的脖子,然后慢慢都不动了。两个孩子自始至终都没有发出一点声音,缓缓地倒在了雪地里。

少年站在院子里,四具尸体流出的血融化了院子的雪,血水是这么多,以至于院子里甚至都有点热气腾腾的感觉,少年的头上也冒着热气,是剧烈的运动造成的。

少年觉得自己总算是做了一件了不起的事情。

……

沙僧哗啦一声从泉水里猛地坐了起来。多少年过去了,他本来以为自己已经永远忘掉了那两双漆黑的眼睛,那没有一点声音的女孩和男孩。

化妖时,他在流沙河吃了那么多人,尤爱肉嫩多汁的小孩,为什么却独独对自己当人时杀掉的这两个小孩耿耿于怀呢?

沙僧怔怔地坐在温泉里,任由一道道温泉的暖流从身下汩汩而出,就像当年不断喷洒到头脸上、流到手腕上的热血一样。

小白龙敖烈在小娘的服侍下更换了睡衣,上床睡觉。柔软的被褥紧密地接触着全身,让小白龙舒爽得想喊点什么。有多久没有躺着睡了?

一边享受着舒爽,一边带着内心隐隐的不安,小白龙睡着了。

……

天边,一条巨大的光的身躯,有韵律地扭动着,聚散无常,忽隐忽现,忽粗忽细。这条光的身躯如此巨大,横过了整片天空,看不见首尾。下面广袤的大地上,无数穿着兽皮和树皮的人类匍匐在地,口中咏颂不断,也随着一定的韵律扭动着身躯。

"这是我们的老祖宗,应龙,下面的人类在向应龙求雨。"敖烈身后有人说。

敖烈吓得一个激灵，一回头，发现是自己的父亲敖闰。

"我们家族历史非常悠久，早在这个世界出现之前就已经存在了。最早的，是身长千里的烛龙，皮肤赤红，不吃不喝，不眠不休，睁开眼睛就是白天，闭上眼睛就是夜晚；吐口气世界就变成冬天，吸口气世界就变成夏天。它是和盘古大神同一时代的神龙。"

敖烈眼前的世界忽然变了，一条背生双翼的龙，拉着一辆车往天上飞去，车上有一蛇尾人身的女人。

"那也是我们的祖先应龙，带女娲去见天帝，助她补天。"

背生羽翼的龙又杀死了一个顶天立地的巨人，然后用尾巴在大地上一划，大地应声而裂，流水填充了裂开的大地，形成了一条横贯大地的河流。

"应龙杀死了夸父，助黄帝统一了华夏，然后又用尾巴开辟了长江，平定了水患。"

眼前的世界又变了，这次是一个巨大的石头广场。一条一条的虬龙被力士从广场边的江中捞出来，扔在广场上，然后两个力士一上一下，把虬龙拉直，用锋利的斧头把龙身划开。虬龙剧烈地扭动挣扎，石头广场上溅得到处是龙血。又一个力士从划开的龙肚中小心翼翼地掏出巨大的肝脏，小心维护着龙肝的完整，而抓住头尾的两个力士，顺手就把还在挣扎的龙身丢到了江里。

敖烈看得浑身发抖，一把抓住身后父亲的胳膊："这是哪里？这是哪里？！岂有此理？！"

敖闰在身后叹了口气，说："这是现在玉帝的斩龙台，这里的龙肝都是预备用在宴席上的。"

"玉帝……玉帝怎能如此对待我们族人……"

"这些虬龙血脉淡薄,早也不能算作我们真龙一脉了。不过我们龙族现在地位低下,再也没有往日的荣光,他们才敢这般肆无忌惮……"

……

画面在眼前缓缓暗去,小白龙猛地睁开眼睛,心脏因为受了刺激依旧咚咚直跳。发生在取经之前过去许久的事,这会儿鲜活得像是刚刚发生。身上的被褥依旧柔软,带着香气,窗外沉沉无声,睡在外间的暮雨小娘细微的呼吸声都可听清。

小白龙瞪着眼睛,看着天花板,脑子里回想着前两天和叔父见面时叔父的话。

"这里是个陷阱,赶紧离开!不要告诉其他人。实在不行,可告知大圣!"

第六章

谜局初现

一大早，春风小娘阿娇就来院子里送了份请帖，邀请三藏师徒赴宴，时间定在了上午十一点，地点在如锦院。

十点，八戒被硬拖起来，嘴里骂骂咧咧地洗漱整理，把剩下的早饭一扫而空。十点半，春风小娘阿娇再次来邀请。

如锦院位于柳新院的斜对面，穿过中心花园就到了。院子布置得尤其雅致，看上去比师徒住的柳新院要更高档些，但没露天温泉。这院子是七姐妹自己住的，会议室、接待室也都在这里，每个用来宴请重要客人的包间都富丽堂皇，还附带独立休息室、卫生间。

除了二姐，另外六个姐妹都在，大家在接待室分主次坐下。客套了一会儿，大姐朱红衣突然脸色一正，然后带着五个妹妹走到休息室中间，向三藏遥遥跪了下来，吓得三藏跳起来，忙问："怎么了，怎么了？各位女施主，快快请起。"

朱红衣说："濯垢泉有难言之隐，还望圣僧搭救一二。"

三藏又不敢上前去扶，急得面红耳赤，说："各位女施主，还请站起来说话。救苦救难，本就是出家人本分，无须如此！"

这时，小白龙也站起来，黑着脸说："无论什么情况，还请各位施主站起来，先说清楚。如力所能及，我们一定帮忙；如力不能及，我们也尽最大努力。哪怕是要我们赴汤蹈火，也得说清楚，让我们商量下，找个妥当的方法。你等说也不说，直接一跪，是想逼迫我们答应吗？这未免也太强人所难了！"

朱红衣听小白龙这么说，脸上也有些挂不住，但仍然坚持跪着，说："还请圣僧答应。"

"你们这些妖精也太过分了！要是你们的要求就是要吃我们师父的肉求长生，我们师父是不是还要答应下来，把自己洗干净了，自己爬上你们餐桌啊？"八戒在一边愤愤不平地说。

本来三藏想不管不顾，先答应下来再说，结果八戒这么一讲，他到嘴边的话顿时就咽下去了。

"我们姐妹向来尊佛，怎么可能提出这种要求？！"朱红衣辩解道。

"各位，还是站起来再说吧。我师父最好说话，只要能力所及，肯定会答应的。"沙僧在边上说。

朱红衣想了想，拉着五个姐妹都站了起来，又各自落座。

"各位女施主，到底是什么情况？"

朱红衣叹了口气，说："我们建了这濯垢泉，本来是想为地方上做点事，这么些年来，也小有成就。但我们发现，似乎濯垢泉很多人，都活不过四十岁……"

悟空和小白龙对视了一眼，镇子上那些大妈说的四十岁，原来不是辞退，而是直接死掉！

"这事是我发现的。"一身紫衣的三姐朱紫璃说，"我负责内部管理，那年我整理院里的花名册，结果发现院里十多年来过世的人都不到四十岁，都是差几天就到四十岁的生日。于是我就把当年院里快到四十岁的人找了出来——那年正好快到四十岁的人有两个——结果这两个人都在四十岁生日前一两天去世了。"

朱红衣又把话接了过来。

"第二年我们把一个快到四十岁生日的劝退了，结果回去后还是死了。我们很为这事烦恼，想了各种方法，都不见效。本来我们是想为地方上做点好事，结果出了这档子事，就不想干了。我们把这个消息公布出去，准备关门，结果没想到乡亲们极力反对，而且还挤破头地想进来。只不过从那以后来的人越来越年轻，大家都想多挣几年钱，这样我们也没办法狠心关张了。不过尽管大家都知道，但谁都不说，对这事很忌讳。"

"阿弥陀佛。"三藏念了句佛号。

"更麻烦的是，我们院里这几年又有一批人就要到四十岁了，那可是有近一百个……"三姐朱紫璃双目泛红，情绪有些激动。

"阿弥陀佛……"

"三妹负责院里的人事，院里的人和她接触最多，很多老人跟她感情很深。"朱红衣解释说。

三藏看向自己的几个弟子。八戒低着头不说话，小白龙不易觉察地连连摇头，沙僧依旧木讷，悟空反而饶有兴味地看着三藏。

三藏叹了口气，刚要开口，小白龙抢话道："各位女施主，兹事体大，能不能容我们师徒今晚商量一下，明天一定给你们一个准话。"

三藏猛地提起气，想要说什么，但见四个徒弟个个不置可否，只好长长地叹了口气。

大姐朱红衣沉默了一下，似乎还想说服师徒几个，但最后还是放弃了，说："那，就等各位长老明天的消息吧。"她勉强笑了笑，"今天是我们正式欢迎各位长老的日子，美食家先生三天前就开始忙了。一顿素斋，不成敬意，请各位长老现在随我们去餐厅吧。"

这顿素斋,自然是没说的。如果说前面的是人均千元的豪华大餐,这顿估计就得人均万元以上。但除了八戒眉开眼笑,来者不拒,其他人都心里有事,吃得很闷。

吃过饭后,朱红衣留三藏喝茶谈佛,师兄弟四个告辞出来了。

回到柳新院,小白龙让院里的小娘、管家都出去,然后关上院门,坐到院子的茶桌边上,师兄弟三个也陆续坐了过来。

"大师兄,还希望你作个法,咱们这里的谈话别被人听了去。"

悟空点了点头,拿出金箍棒,用棒头围着茶桌画了一个圈,圈子闪了一下金光,消失不见。

"可以了,就是谛听也听不到我们说的话了。"悟空说。

"大家都是什么想法?"小白龙说,"我的想法是:赶紧走!"

"是啊,有因必有果,这里这么大的因果,咱不避着,难道还要一头冲进去啊?"八戒也附和着说。尽管贪图这里的安逸,但在大是大非上八戒还是很稳的。

小白龙看看悟空,悟空没表态,他又看了看沙僧。沙僧说:"我听大家的。不过有个怪事我要说一下,我在这里做了个很奇怪的梦……"

八戒和小白龙都齐刷刷地转头看向沙僧。

"你也……"小白龙和八戒异口同声,脱口而出。

"你们也……"沙僧也脱口而出。

"师父梦见了女儿国。"悟空说。

"啊?"八戒、沙僧、小白龙都惊呼出声,望向悟空。

"师父不可能还记着女儿国啊?不是……"八戒喃喃自语。

"我们来这里的第一天晚上,师父半夜起来,问我,我们路上可曾路过一个叫作女儿国的地方,我告诉他,不曾路过。"

"全都乱了。咱们无论如何一定要说服师父,抓紧走吧!"

"师父要是能被说服就不是我们师父了。"悟空说,"为了坚持他自己的想法,他能把我赶走两次。"悟空竖起两根手指强调道。

三个师弟一时语塞。

"你们谁还记得以前这里发生过的事情?"小白龙说。

"记不得了。谁还记得哈,反正肯定没现在这样快活⋯⋯"八戒嘟嘟囔囔地说。

"我只记得,这里的因果是很快就解决掉的。"沙僧说。

"盘丝洞就是个妖怪洞,七只蜘蛛想吃送上门去的师父,我没打。八戒去撩逗了好一阵子,最后还是全部打死了,接着就上路了。"

"我也记得是这样的。"小白龙说。

悟空不知不觉咬起了大拇指的指甲。

"以后变得会越来越多的。一开始都是些不起眼的:香烟、手机、衣服⋯⋯现在终于整个都变了。呵呵,佛祖这是不玩死我们不罢休啊。"

"盘丝洞可能是个陷阱⋯⋯"小白龙说。

师兄弟们都看着他。

悟空问:"怎么说?"

"我刚来的时候,我叔父专门来提醒我的。"

"啊?"八戒嘴巴张得能塞进一个球。

"本来叔父说只能告诉师兄,但现在情况紧急,咱们得快走。咱们一定得统一意见,逼师父答应。"

大家一起看向悟空。

悟空迟疑了一下，说："尽力说服师父，但是，我觉得他听我们的可能性不大。"

"取经取经，我当然知道取经，但见人危难而不伸手，这取的什么经，修的什么佛？"

三藏晚上回到柳新院，一回来就兴冲冲地问徒弟们有没有什么思路能解决这里的难题，结果发现徒弟们思路是没有的，只一门心思地想跑路。三藏从来没有过地激动起来，在柳新院里对着四个徒弟大喊大叫——本来上午四个徒弟一致不表态他就很不痛快。

"八戒，你说！"三藏问八戒。

八戒低着头不吱声。好一会儿，见师父不愿放过自己，他哼哼道："这个，师父啊，这个有因果的啊，这么大的因果，咱担不起啊……"

"有因果就怕，地藏王菩萨发大愿，地狱不空誓不成佛，他怕不怕？"

"师父，濯垢泉说白了就是个妓院，咱住在这里已经不成体统，再帮妓院救苦救难，是不是也太……"小白龙在一边说。

三藏顿了一下，说："妓院怎么了？妓院就只能看着她们这样死人？观世音菩萨为了度人，自己还转世成妓女，专度那些欲念深重的公子王孙，不曾放弃一人。转世之人死后还成了黄金锁子骨菩萨，你们不知道吗？"

悟空表情古怪地看着三藏："师父，你这是在哪里看到的？"

三藏怔住了，好一会儿才说："我，我不记得了……但这不

- 071 -

是重点!"

"师父,这里很可能就是专为我们设的陷阱啊!"小白龙见三藏态度坚决,不得不摊牌了。

三藏愣住了。

"我叔父专程赶来,就是为了提醒我小心。他说这里要么是一个针对我们的陷阱,要么,这里的事情就真的不是我们能插手的……"小白龙也管不了叔父的嘱咐了。

三藏咽了咽口水,然后说:"就算是个陷阱,是我们不能插手的事,那最多也就是担点因果吧。经还没取到,菩萨和佛祖不会让我们死在这里的!"

说完后,他就见小白龙给了他一个不屑的白眼,而悟空和沙僧都是一脸啼笑皆非的表情,连八戒都是连张了几下嘴,像是想说什么的样子。

"那,我们就在这里待一个月,一个月解决不了问题,我们就走。"

"十五天!"悟空说,"连前面的四天。而且一旦发现情况不对,我说走就立刻走。"

"前面四天怎么能算……"三藏说。

"否则现在就走!"悟空说。

"你!"三藏气得快说不出话了,他最后的倔强是抛出了一句"我反正是不会走的"。

"那师父你一个人在这里查吧。"

"你——"

"你"了之后,久久无话。

"怎么说?"

"好吧,但你们得尽力。"

"那不消师父说。"悟空说,然后他看向师弟们,问道,"你们呢?"

三个师弟都垂头丧气,纷纷说:"但凭师兄做主。"

"那就说好了,这十五天,咱们得想尽一切方法……"

"已经过去四天了。"

三藏一时语塞,最后悻悻地说:"好,这十一天,咱们得想尽一切方法。今天那几位女施主跟我说,她们这里前几天刚好有一位差几天就四十岁的人去世了,马上快到头七,你们就从那家开始调查。"

"这里的好日子真不是白过的啊。"八戒嘟囔道。

"明天我跟小白龙去吧。"悟空说,"八戒和沙师弟,你们在这里保护师父,有什么问题及时给我打电话。"

"好的。"沙僧说。

师徒五个各怀心思地回去睡了。

第二天,早饭送来得特别早,六点半就来了。几人刚吃完,朱红衣就带着朱粉蕊和朱紫璃过来等回话,看来她们也是真着急。

众人在客厅落座,三藏略带羞愧地把昨天商讨的结果说了,刚说完,朱粉蕊就气呼呼地说:"只查十五天?还已经过去了四天?"朱粉蕊停了一下,"不对,已经过去了五天!我们查了十几年一点眉目都没有,你们十天就想查出东西来?你们干脆还是走吧!"

"朱粉蕊!"朱红衣怒斥一声,"你怎么一点不知道好歹。长老们能跟我们一样吗?长老们地府仙界谁人不识,他们打听事情,能像我们这些妇道人家没脚蟹似的到处乱跑吗?你给我出去!"

朱粉蕊哼了一声,气呼呼地走了。

三藏脸红得像块大红布;悟空哼了一声,有些不满;小白龙嘿嘿冷笑;沙僧不动声色;八戒么,八戒还在打呼——他还没起呢。

"我替小妹跟各位道个歉。本来各位长老也不欠我们什么,耽误你们十五天已经很不好意思了。能查出来最好,就算查不出来,我们姐妹也深念各位长老的恩情!"紫色衣服的朱紫璃在一边说。

听她这么说,三个徒弟的脸色稍微好看了一点,三藏的脸却烫得像要烧起来了。他低着头,偶尔狠狠瞪自己几个徒弟一眼,可惜徒弟们都装没看见。

"我们还找了一个叫小八的朋友来帮长老们一起查,他是个本地通,这里的事,几乎没他不知道的。有他在,加上各位长老,这次肯定能查出点眉目来的。万事开头难,开了头就好了。"朱紫璃说到这儿,似乎想起了什么,抿嘴笑了一下,"不过我们这个朋友小八可能后天才能到。"

"我们先把这几年收集到的一些线索跟各位长老说一下。"朱红衣说,"发现这个祸事后,我们自己也试着找原因,但什么有价值的线索都没有找到,倒是时间长了,有个说法不知道从哪里传出来的,说咱们灌垢泉的温泉是古时后羿射日时掉下来的太阳形成的,还说短时间内泡泡泉水对身体好,但长时间在这死去的太阳边上,就会对身体有害……"

悟空和小白龙、沙僧脸上都浮现出不屑的笑。

"我们也知道这个说法过于荒诞,"朱红衣看见了他们的笑容,"但咱们是什么办法都想过了,最后实在是没法子,我们专门去了另外八个据说是射下的太阳变成的泉水——香冷泉、伴山泉、温泉、东合泉、潢山泉、孝安泉、广汾泉、汤泉……"

"阿弥陀佛，你们怎么找到这些地方的，真是难为你们了。"三藏感叹了一句。

"否则还能怎么办呢……"朱红衣叹了口气，"这些泉水里，有三眼泉水都在人迹罕至之处，有五眼是常常有人使用的，更有三眼周边都有人住。这三眼中又有一眼泉水，基本跟我们的一模一样，但没有任何一眼泉水会让人活不过四十岁，因此可以说肯定和泉水无关！"

"那只能说此事和那些说法无关，是不是泉水本身有问题还不一定。你们院里面平时喝的是这个泉水吗？"小白龙问。

朱红衣摇了摇头，说："这温泉是矿泉，水硬度很大，煮开后有很多沉淀，咱们喝的是附近的山泉水，周边人家都喝的。"

"你们院里的人是不是天天都要泡温泉？"沙僧问。

朱红衣又摇了摇头："咱们院里人喜欢泡，但也不是天天泡。实际上我们濯垢泉的温泉根本用不完，咱们很多年前就修了条暗渠，把多余的温泉水引到了花石桥镇，供那里的乡亲们用，镇上一些老人才是天天泡，他们都健康得不得了。"

事情又绕进了死胡同。

"你们自己有没有什么异常？"小白龙问。

朱红衣想了想，说："要说什么异常，只能说皮肤比以前好了，而且修行得似乎比以前要快一些……"

"不是你们自己吸取院里人类的精血造成的吧！"悟空冷冷地说。

"怎么可能！"朱红衣有点生气。

"各位长老,如果是我们自己吸取精血造成他们短命,那我们肯定是隐瞒都来不及,更不要说厚着脸皮求你们帮忙调查了。"一旁的朱紫璃解释道。

"会不会你们自己都没有意识到?或你们姐妹中有人这么做,没被你们发现?"小白龙在一边说道。

朱红衣和朱紫璃都是先摇头,但又都停下来想了想,最后还是摇头说:"咱们姊妹七个都住在一起,尽管不是同吃饭同睡觉,但万一有姐妹做这种事,一定会被其他姐妹发现的。"

事情再一次绕进了死胡同。

"有没有试过把濯垢泉换个地方?"小白龙问。

朱红衣和朱紫璃对望一眼,然后大姐说:"其实我们试过。我们曾经修建过一个濯垢泉别苑,在附近的村子里,就一间四合院,我们都没有引温泉水过去,也没开放过……"

三姐接着说:"为了让实验更彻底,我们都没从我们这里调人过去,而是买了个三十九岁的小娘和一个三十九岁的男仆,直接送过去,在那里看院子,结果,结果……"三姐的语气里包含着浓浓的惧意,以至于话都说不下去了。

大姐又把话接过来,声音里也带着浓浓的惧意:"结果,这两人,都在四十岁生日的前一天,死了……"

尽管现在是早晨,阳光明媚,但房间里的气温似乎骤然低了好几度。

"濯垢泉里那么多人,除了小娘、男仆外,厨房里做饭的、洗菜的、打扫卫生的,这些人都是到四十岁就会死吗?"小白龙问。

"是这样的。"朱红衣喝了一口手边的冷茶,"院里买进来的人,必定会死;而外面雇来打短工的,目前不是很清楚。买进来的，都造花名册，登记了年纪。那些雇来的，其一，很多人待的时间短，走了也不知道此后情况；其二，有些雇来的人进来的时候就不止四十岁了。我们前两年大概摸出点轮廓，目前就我们掌握的情况来看，雇来的，是有四十岁没死的，但死的似乎也不少。"

"那你们别买了，全部都雇，不就行了吗？"八戒插了句嘴。

"你以为没试过吗？没用！这个买和雇是我们自己摸索出来的一点规律，但实际上谁死谁不死，标准到底是什么，我们根本就搞不清楚。买和雇只是我们区分起来比较方便，你也可以换一个标准，比如院里的小娘，到了四十岁肯定死，男仆基本上会死，至于其他人死不死，得看运气。"

"你们不是有靠山吗，神通广大的，也搞不定这事儿？"悟空冷冷地说。

"什么靠山？大圣，你在说什么？你从哪里听来的这些乱七八糟的？"朱紫璃一反稳重的常态，反应有点激烈。

"紫璃……"朱红衣打断了朱紫璃，"行了，也别瞒着了，我们确实是有个靠山。"朱红衣又苦涩地笑了笑，加了一句，"算是靠山吧，不过对这事儿也是一筹莫展。"

濯垢泉七个姐妹，背后有个靠山，大家似乎都想到了些不堪的东西，现场一时陷入了尴尬的沉默。

朱红衣轻轻咳了咳，然后用有些涩的嗓音说："实际上濯垢泉别苑的事，除了我和紫璃，其他姐妹都没敢告诉。我们本身不是凡人，还有个神通广大的靠山，但对这件事，我们什么也查不出来，什么都搞不清楚。我，我……我真的怕，怕哪一天，这不知道什么东西的，会突然对我们下手……"

说到最后，朱红衣脸色惨白，牙齿都在打战。朱紫璃也没好到哪里去。

悟空和小白龙对视了一眼，心下了然。这七个蜘蛛精对这件事如此耿耿于怀，恐怕这才是真正原因。

"你们的靠山是谁？"小白龙还是追着这个问题问。

"这个真不方便说。"朱红衣想让这个话题赶紧过去。谈这个话题，她感觉自己像没穿衣服被人围观一样。

"看你们的反应，你们的靠山肯定是尊大神，他都搞不定，我们能有什么办法？"悟空也继续追问这个问题。没办法，这事看上去就很麻烦，他实在不想掺和进去。

"也不是，就算他想帮也不好自己出手，只能安排下面的人，那些人怎么能跟大圣你们比呢？"朱红衣也只能硬着头皮往下接。

场面一时安静了下来。话说到这里，三藏的脸色很不好看。

"圣僧，大圣，各位长老，你们别看我们濯垢泉在这五村一镇似乎还挺厉害，但实际上比我们厉害的多了，没点靠山，我们七姐妹根本活不下来，这也是没办法的事，谁想仰人鼻息呢？就像现在这件事，我们也就是遇见了你们，求你们帮忙也确实是没办法了。我们自己受些委屈没关系，但是濯垢泉背后牵扯到那么多的乡亲，为了他们，我们也只能不要脸皮了！"朱红衣说到这里，明显有些动情，嘴角抽动着。

三藏连连拈动手里的佛珠，叹了口气，念了句佛号，然后说："徒弟们，救人一命胜造七级浮屠，这事我们一定要管！"

现场又难堪地沉默了一会儿，沉默得三藏太阳穴直跳。

小白龙说："那个别苑所在的村子，其他人呢？"

"其他人完全不受影响。"朱红衣说。

"这听起来，像个诅咒啊……"一直没怎么说话的沙僧在一边说道。

第七章

可怜人

四十，在濯垢泉是一个禁忌的数字。员工编号没有四十，工具编号没有四十，甚至员工手册没有第四十页，条例没有第四十条……

柳婷婷从没想过，自己这么快就要到四十岁了。

"娘娘，娘娘，你快来，柳婷婷发疯了！"一个春风小娘慌里慌张地跑进院子，喊三姐朱紫璃。

朱紫璃跟着春风小娘快步跑到柳婷婷住的宿舍，外面已经围了一圈人。

"都围在这里做什么？该干吗干吗去！"朱紫璃训斥道。

一群人赶紧三三两两散掉了。朱紫璃看到宿舍窗户外面扔的全是东西，柳婷婷抱着肩膀坐在宿舍的地上，肩膀抖动着。

"怎么回事？"朱紫璃问小娘。

春风小娘指了指边上臊眉耷眼的一个大妈，说："这老货，今天到院里厨房帮忙，看到柳姐，就跑过去说些疯话……"

"你说了什么？"朱紫璃皱着眉头问那个大妈。大妈拍着大腿说："我没说什么啊，不是柳姐儿离四十岁生日没几天了吗，我好心好意来劝劝她，谁知道……"

朱紫璃一阵头疼，对边上的男仆说："把这老货赶出去，查查谁雇的她，罚半个月工钱，以后不准她再进濯垢泉。"

大妈一听，拍着大腿说："我这犯了什么罪了？"话没说完，就被两个男仆架着胳膊拉出去了。

朱紫璃走进柳婷婷的单身宿舍，挥挥手，让其他人都走，然后坐在柳婷婷的身边，环住她的肩膀。

当那件事被发现时，柳婷婷刚满二十五岁，她觉得四十岁似乎是遥远得不见尽头的以后。

三十八岁生日后，她开始觉得身边人对自己的态度怪怪的。以前爱和自己针锋相对的"对头"现在事事让着自己；有个平时关系很一般的院里妹妹，某天突然找到自己说要聊聊天，聊了没几句，莫名其妙痛哭着就跑了；娘娘们有些私密的事情，也开始不刻意避开自己。

三十八岁过了一半，柳婷婷焦虑得无以复加；可三十九岁生日后，又莫名其妙地平和起来了——认命了。

她开始安排自己的后事。平时积攒下来的一些家当都换成了钱，母亲来时，她硬塞给了母亲，母亲哭得快要晕过去了。后来柳婷婷再也没让家里人来过，帮不上忙，徒增伤心。柳婷婷对家里人说不上恨，也说不上感激。她十六岁就被送进濯垢泉，尽管是自愿的，但心里多多少少还是有些埋怨。兄妹五个，为什么偏偏要抛弃自己？刚进来时，她天天哭，后来慢慢地习惯了，发现生活确实比在家要好很多，而家里的生活条件也比以前好很多，只不过对家里的感情慢慢地就淡了。

离四十岁生日还有八个月的时候，柳婷婷开始盘算，算这一辈子做了哪些事，然后她发现，自己似乎一事无成，而从小就想做的那些事，似乎又都来不及了。从此之后，柳婷婷常做梦，梦里自己似乎回到了十六岁,又得到了重新开始的机会。然而醒过来后,却只有更深地失落。

离四十岁生日还有三个月,相对于死亡,柳婷婷更害怕的是对自己这辈子似乎没有个交代。这辈子算什么?想做的事一件没做,梦想一个没有完成,就这么浑浑噩噩,不知不觉,生命突然要结束了?柳婷婷觉得特别遗憾,她这辈子没有对不起任何人,除了自己!今天,那个老货跑到自己面前说些莫名其妙的话,其实也没什么,但在柳婷婷看来,自己什么时候需要这种老货来可怜了?

"婷婷,"三姐朱紫璃小声地在柳婷婷身边问,"受什么委屈了?"

柳婷婷摇了摇头。

"婷婷,那事儿,也不一定就会发生,毕竟现在……"

"娘娘,你别安慰我了。"柳婷婷抬起通红的眼睛,"娘娘,你能不能带我去见一个人?见过他,我这辈子也就没什么遗憾了。"

"这当然没问题,无论他在哪里,我都保证能让你见着。"

"我想去见见我十六岁时的一个邻居,叫陈望,小名叫牛子。"

"好。"

两天后,朱紫璃来找柳婷婷,问:"你确定要去见这个人?"

柳婷婷点了点头。朱紫璃叹了口气,说:"好吧,明天你跟我走,人找到了。"

陈望代表了柳婷婷可能的另一种人生。

两人从小青梅竹马,柳婷婷十六岁时,陈望十七岁。柳婷婷越长越好看,陈望也越长越高挑精悍、机灵英俊。

后来柳婷婷长得太漂亮了,家里就有了送她去濯垢泉的想法。而那时,柳婷婷已经和陈望好上了。

"我们一起离开这破地方!我有木匠手艺,去年我跟叔叔出去跑生意的时候,他还夸我特别有天分。咱们出去之后找个地方,我先做木匠养活我们,存些钱后,再做点小生意,总有好日子过……"

陈望私下和柳婷婷见面,总是劝柳婷婷和他一起跑,但柳婷婷放不下家人,犹豫着犹豫着,最后还是进了濯垢泉。

"娘娘,真辛苦您了,平时对我那么好,最后我这么任性的要求,您也想办法帮我。这辈子我是没法报答了,只能等来生……"

朱紫璃生硬地笑了笑,说:"是我对不起你们,没能力搞清楚咱们这里到底怎么回事,发现的时候又太迟了……"

"娘娘,别说了,这都是命……对了,陈望他……他现在住在哪里?生活得好吗?"柳婷婷问。

"别急,到了你就知道了。"朱紫璃说。

朱紫璃和柳婷婷坐在越野车的后座,车子在路上颠簸着,柳婷婷心里也跟这车子一样七上八下。

"陈望肯定已经出去了,不知道他跑出去了多远,应该是大海边吧?他说过他一定要去海边生活。他说男人的胸怀就得像大海一样广阔,而不是在那倒霉的螺蛳冲,七拐八拐,一辈子就住在一个螺蛳壳里!他说那话时,眼睛里像是在闪着光。濯垢泉到海边不知道有多远,不知道我这趟能不能赶得及。如果赶不及,娘娘一定会想办法的,毕竟娘娘们那么神通广大……他一定娶了另一个漂亮的女孩,说不定还是那种从小就在海边长大的,就像小时候那首歌里唱的'吹螺号的小姑娘',然后生了一堆漂亮小孩。日子肯定是小康往上,毕竟他那么能干,又那么聪明。看看那个代替我的幸福女孩,就当看看自己的另一种人生吧……"

柳婷婷心里跑着马,无意中看了眼窗外,吃了一惊,回过头看着朱紫璃问:"娘娘,这是去螺蛳冲的路吧?"

朱紫璃看了柳婷婷一眼,说:"别急啊,到了你就知道了。"

柳婷婷迟疑地看着窗外。没错,这就是回螺蛳冲的路。

"陈望现在住的地方,要经过螺蛳冲?我记得以前螺蛳冲就一条路进出,现在螺蛳冲另一头也修了出山的路?"

朱紫璃笑笑,对柳婷婷说:"你别急啊,到了你就知道了。"

路不好走,都是盘山道,车子开不快,足足开了一天才到。车子一直开进螺蛳冲,在村口停住了。

柳婷婷看了看车外,问朱紫璃:"是要在村里过夜,明天再上路吗?"

朱紫璃用手一指,说:"你要看陈望,他不就在那里吗?"

柳婷婷顺着朱紫璃的手指望去,只见村口小卖部的椅子上,坐着一个赤着上身、大肚便便、胸部下垂、肮脏不堪的男人。天气还不太热,他却一身汗,汗水冲出了肚皮上一道一道的泥沟。男人手里夹着一支烟,正满面笑容地在和别人聊天,一会儿突然抬起半个屁股——应该是放了个屁,因为身边的几个村民一边笑骂着,一边跑开了。

柳婷婷又回头看朱紫璃。

朱紫璃点了点头。

这时,从村里骂骂咧咧地走出来一个胖女人,穿着艳俗的大红色大褂和花裤头,一边走一边喘,嘴里骂道:"陈望!你个挨千刀的！碗也不洗就跑出来吹牛，钱挣不到，让你干点活儿都这么难，你还想老娘来伺候你吗？你个王八蛋，老娘倒了八辈子霉跟了你……"

"你还要去跟他见面吗？"朱紫璃问。

柳婷婷看着车窗外，胖女人一边骂一边追打陈望，边上的村民都嬉笑着围观。陈望被胖女人推倒在地上，也跟她对骂着："你个懒娘们儿，洗碗还要我个老爷们儿洗……"

话没说完，陈望就被胖女人揪住了耳朵骂道："你要是能挣着钱，别说给你洗碗了，给你洗屁股都行！你个没用的东西，你还是个男人吗……"

围观的村民一阵叫好。

柳婷婷紧紧地抓着朱紫璃的手臂，微微地颤抖着。

"娘娘，对不起。赶紧，赶紧回濯垢泉吧……"

朱紫璃环抱住柳婷婷纤薄的不停颤抖的身体，用另一只手拍了拍前面司机的肩膀，司机倒车，掉头回濯垢泉。

直到深夜，车子才回到濯垢泉。柳婷婷一路上心乱如麻，临近濯垢泉的时候，她似乎终于想明白了一些事。

或许，每个人的人生，一开始都觉得自己不同一般，有着无限精彩而有趣的未来。然而随着岁月的流逝，随着现实的泥垢一点一点地涂抹到身上，慢慢变硬，慢慢收紧，最后总得不甘心地承认，自己只是个普通到不能再普通的人。在死期到来前，发现想做的事都没有做，想完成的愿望一个都没有完成。或许每个人都是这样的。如果小时候看见后来长大成人的自己，每个人可能都会很失望，并且毫不客气地说："切，原来长大了，你也就这样啊……"

柳婷婷四十岁生日前两天,夜里一点多,照顾柳婷婷的值班小娘叫醒了朱紫璃。

"娘娘,柳婷婷走了。"

第八章

山村诡事

悟空背着个褡裢,带着小白龙去了最近的村子——枇杷堰。

朱红衣说,刚去世的那个三十九岁的姑娘已运回老家螺蛳冲,她们安排了车,可以直接坐车进去。只是螺蛳冲在深山里,盘山路又比较绕,开车可能要一天工夫。悟空嫌太慢要自己去,朱红衣又说螺蛳冲在深山里,村子又小,他们自己去肯定找不到。实在等不及,可以先去山外面的枇杷堰,她们打好招呼,在那里安排一个向导带他们走山道抄近路,估计半天就能到。悟空看了看时间,现在才九点,于是等朱红衣打过电话后,跟小白龙立刻就出发了。

枇杷堰依山傍水,一条蜿蜒曲折的溪水顺着山势,从深山里流出来,出山时变得又宽又急。出山口有一条长长的古堰,拦截了一部分溪水,将其分流到村子周围的农田,其余的溪水漫过古堰,再向下游流去。古堰上有一群小孩,挽着裤脚,低着头在古堰上捉鱼摸虾。不时有三两个农人牵着牛或扛着锄头,挽着裤脚,走过古堰准备去田里干活。

悟空和小白龙也挽起裤脚,穿过古堰,往村里走去。

坐在村头晒太阳的大爷和大娘不少,小白龙借问路加歇脚,很快就跟他们攀谈起来了。

"你们这里的那个濯垢泉真不错,我昨天落脚在那里的。"

大爷大娘们都一副与有荣焉的表情。

"是吧,我告诉你哦,不要说周围三百里,就算到朱紫国或者比丘国,都找不到比这更好的地方啦!"有个明显见过世面的大娘说。

"那是那是,别说朱紫、比丘,我这些年也走过不少地方,真没见过这么好的。"小白龙说。

大娘说:"也多亏了濯垢泉,我们村的白沙枇杷才卖得上价。以前再好的枇杷也不值几个钱,卖不掉的都白白烂掉。我们村里,现在枇杷的收入啊,基本占一家收入的三成啦!有心思活络的现在就专门种枇杷。每年春天,濯垢泉要买走好多,还有好多到濯垢泉来玩的客人,走的时候,都要到我们这里来一筐筐地买。小伙子,你要是春天再来的时候,千万别忘了到我们这里来买枇杷。你看啊,我家就是从这里数,村头第二家。"

小白龙笑着说:"明年春天来不及啦,以后有机会,我一定来尝尝大娘的枇杷。"

正说到这里,村里出来一个白胡子老头,看见悟空和小白龙远远地就挥手,走近了说:"是濯垢泉的娘娘们让你们来的吧,我这边都安排好啦!"

周围的大妈大爷一下子肃然起敬。

老头儿过来说:"我有个侄儿专门帮人家做红白喜事,今天早晨一大早就去螺蛳冲了,你们没赶上啊。不过没关系,我喊我家小二子给你们带路。你们跟我来。"大爷一边说,一边拉着悟空的袖子往村里走。

"王老,什么事儿啊?"有大妈问。

"两位长老来解决濯垢泉那事的!"老头儿说。

"真的?"大爷大妈都激动起来。

"不会假!濯垢泉的娘娘都说了,两位法师能耐大着呢!"老头儿笑呵呵地说,"你们别碍事啦,我抓紧带他们进去。"老头儿一边说着,一边拉着悟空和小白龙往村子里面走。

村子沿着一条小路修建而成,路两边都修了小小的水渠,引山泉流过,然后汇到山溪里。水渠边有人在家门口洗菜,有人在淘米,看见老头儿都纷纷打招呼。

一路进了村,老头儿安顿悟空和小白龙在房子里坐好,又泡了壶大麦茶,然后他出去了一会儿,领回来个又黑又瘦、背着个大竹筒的小男孩。

"小二子,给两位长老带路,去螺蛳冲,就这么跟你二叔说,晚上你就跟着二叔在那儿吃大席,知道了吗?"

"哎!"小男孩答应下来。

老头儿又跟小白龙和悟空说:"我家老大今天准备进山砍柴,一大早起来准备的竹筒饭,我让小二子背着,你们路上吃。里面是大白米、咸菜,还有几大块腊肉……"老头儿用手比画着腊肉有多大。

"濯垢泉的人去世了都有补偿银子,这顿大席可不得了,晚上你们就留在那里吃大席,吃完后你们也可以住在那里。要是着急赶路,也可以连夜回来住我们村里。你别看小二子人小,走起夜路来也是一把好手!"

"好的,谢谢老人家。"小白龙说。

老头儿又嘱咐了小二子一声:"你要照顾好两位长老啊,别光顾着自己在前面跑。"

"哎。"

老头儿又对小白龙和悟空说:"山里走散了危险,你们要是跟不上,就喊他一嗓子。"

"好的。"

小二子带着小白龙和悟空从村子另一头出了村,蹦蹦跳跳地在前面带路。

溪水在山中间左一拐右一拐,三人沿着一条人和野兽共同踩出来的山道往山里走。沿着溪水往山里一直走,溪水慢慢收窄,但变得更深了。溪水两边是一重一重的大山,山里的夏天来得迟,还是一片晚春景象。

老头儿的话,小二子很上心,走一段就回头看看小白龙和悟空是不是还跟着,结果发现身后这两"人"不光跟着,似乎还跟得很悠闲,于是他就放开了脚步。这个沉默寡言的黑瘦小孩似乎有意和悟空二人比比脚力,两条腿越走越快。走了快两个小时后,挥汗如雨的他放弃了,而悟空和小白龙一滴汗都还没出呢。

小二子放缓了脚步,调整呼吸。小白龙跟上来问:"你叫什么名字啊?"

小二子似乎不太爱说话,嘿嘿一笑,过了一会儿才说:"大家都叫我小二子,长老也叫我小二子吧。"

"你们村里面也有很多人在濯垢泉啊?"

"嗯。"

"每年都有去世的?"

"差不多吧。"

看来他确实不太爱说话,小白龙也不再多问,埋头继续赶路。

快到十二点时,一行走到了一个溪水打弯之处。这段溪水从山里流出来,正对一块巨大的石头山,碰到石头山后,分成了两股,一股冲进左边的一块山坳,却没能打通下山的路,把山凹啃噬成了一方山石环绕的深潭。水把这方深潭灌满后又漫出来,和右边的一股汇合,从石头山的另一面流出大山。

石头山大体上呈柱状,约五层楼高,方圆十亩左右。山溪两岸、深潭四周,都是一片郁郁葱葱,除了流水潺潺,四下寂静无声,空气清新,稍带凉意。

"两位长老,在这里吃午饭吧。"小二子招呼了一声,先找了根大木桩,爬上去坐下来,然后把背上的大竹筒拿下来。竹筒上面半截事先劈开了一半,一拉就掉下来了,里面是蒸好的雪白的米饭,一头塞了一坨黑乎乎的咸菜,另一头有三大块黄灿灿的蒸腊肉。小二子举着竹筒在小白龙面前晃了晃,小白龙不知道他什么意思。悟空刚在溪水里洗了手,这会儿走上前,从竹筒里用手掏出来一大块米饭,然后又掏了些黑咸菜放在米饭上,用手捏成了一个饭团,蹲在溪水边吃了起来。

小二子继续在小白龙面前晃那个竹筒。小白龙一狠心,也掏了块米饭,掏了点黑咸菜。掏完后,他才想起来没洗手。

小二子还在晃竹筒:"长老,有好腊肉啊……"

悟空说:"我们不吃肉。"

"对对,我们不吃肉。"小白龙也说。

小二子又晃了晃,见他们真不吃,只好耸耸肩,自己伸手开始掏米饭了。他一边吃一边看悟空他们,似乎奇怪为什么他们不吃肉。

小白龙一边安慰自己,上午手啥也没碰过,干净着呢,一边给自己捏饭团。这咸菜奇咸无比,本来就没拿出多少,结果等他把米饭都吃干净了,还有一半咸菜剩下。小白龙把一半咸菜扔到溪水里，到溪水边洗手。他见这山里的溪水碧青，一眼到底，看上去似乎没多深，但他从岸边捡了块石头，咕咚一声扔下水，却见石头左右摇摆着半天才沉到底。

"这里是不是非常深啊？"小白龙问小二子。

"深！而且水特别凉，每隔个两三年，这里就要淹死人，很多都是外面进来、不知底细的。"

"还要走多长时间才能到啊？"

"已经过半啦，下午再走差不多一个小时就到了。两位长老，真看不出来你们走山路这么厉害，螺蛳冲是我们这里最偏的村子，我本来以为要晚上才能到呢！"

"下午我背你进山，速度更快，我估计半个小时就到了。"悟空说。

"怎么可能？走山路，咱们这儿就没有比我快的，大人也没我快。"似乎是和小白龙他们熟了，小二子话也多起来。

"我们会仙法。"悟空说。

"哦，哦。"小二子似乎不太信的样子。

小二子也没舍得吃多少腊肉，只挑了一块啃。当他把最后一块小孩拳头大小的饭团和着腊肉正往嘴里塞时，突然听见深潭对岸一阵树枝折断的声音。

悟空、小白龙和小二子都抬起头来看，见在深潭对面的树丛里，慢悠悠地踱出一头雪白的鹿，头上长着超乎寻常的大角。白鹿走出树丛后慢悠悠地抖了抖身子，看了悟空他们这边一眼，然后打着响鼻，慢悠悠地走到深潭边，低下头，很响地喝起了水。过了三四分钟后，它抬头又看了他们一眼，扭头进了林子。树枝折断的声音由近及远，慢慢消失。从头到尾，白鹿都从容不迫，一副目中无人的样子。

"好大的白鹿啊。"小白龙说。

"这不是白鹿,这是夫诸,有四个角!这是敖岸山的妖怪,见到会发大水的!"悟空说。

"没事儿,这大白鹿我几年前就见过了,没发过什么大水。咱们这山里奇奇怪怪的东西多着呢,我走的这条路安全,从来没出过危险。"小二子一副见怪不怪的样子,在一边大大咧咧地说。

悟空蹲在溪水边,掏出打火机,准备点根烟。

"长老,这里可不能抽烟。"

"啊?为什么?"悟空问。

"山里面禁火,乱点火,山神爷爷会降罪的。"

悟空抓了抓脖子,心想:"山神见了我得管我叫爷爷……"他把打火机塞回口袋,"行吧。你吃好后,我背你,到螺蛳冲抽烟去。"

小二子笑嘻嘻地把最后一口吞了,也蹲在潭水边洗了手,理了理衣服。悟空蹲下来,拍了拍自己的背,小二子也老实不客气,干脆地爬了上去。

悟空问:"就是沿着这条溪水走,对不?"

"嗯。"

"好,我们走啦!"

悟空暴喝一声,咚的一声蹬在地上,然后飞身而起。背着一个凡人,还是个小孩,悟空不敢速度太快,但即便如此,也足以让小二子疯了似的大叫:"太厉害了!太厉害了!"

跑了十来分钟,小二子突然喊道:"停。"

悟空停下来问:"到啦?"

小二子跳下悟空的背，四周打量了一下，惊讶地说："长老，你怎么这么快？"

"是到了吗？"

"还没，但很快了，后面的路容易走错，得我来带。"

剩下的路七扭八拐。走了几步，迎面就是一道遮天蔽日的山壁。小二子带着他们沿着山壁走了几分钟，突然山壁有一处开裂的地方，形成了一道两人宽的山缝，进了山缝就离开溪水了；出了山缝后，又走一段路，再一拐弯，溪水又在眼前了；过了溪走几步，又是个很大很大的山洞，才进洞没走两步一转弯，就又出了山洞……感觉就没走过五分钟直路，中间还不时有分岔路口。螺蛳冲，螺蛳冲，真真对得起这个名字。

走着走着，小二子终于欢呼了一声："到了！"

悟空一看，前面群山中突然露出来一片平地，平地上盖了二三十栋房子，有砖瓦房，也有草房。

悟空和小白龙走过去，螺蛳冲中间的晒谷场上，很多人正在忙活，有搭竹棚的，有就着溪水杀鸡宰羊的，有淘米洗菜的，估计是在准备晚上的流水席。

小二子和小白龙说："我去喊我二叔来。"说完撒腿就跑过去了。

"这村子可真偏啊。"小白龙对悟空说。

"估计是以前为了躲避战乱。"悟空一边回答一边在口袋里掏烟。

没过一会儿，小二子牵着一个二十多岁的瘦高个伙子过来了。

"两位长老，你们好。你们的事儿，刚才小二子跟我说啦。办葬礼的这位，今天正好头七。"

"哦，我们去看看？"小白龙说。

"哎、哎……"二叔拦了一下，"现在去只能大概瞻仰一下遗容，要想看仔细了，只能晚上守夜的时候。"

"行，我们先去大概看一下。"

悟空和小白龙进到礼堂，作了揖，上了炷香，瞻仰了一下遗容。死者是个女的，看上去才三十岁出点头，长得很漂亮，仿佛睡熟了一样，非常安详，完全不像在村子里见到的那些村民。从这点就能看出，这位死者平时在濯垢泉过的日子和螺蛳冲的村民完全不同。出来后，悟空和小白龙交换了下眼神，都没看出什么。

二叔也过来问。

"太快了，看不出来。还是等晚上守夜时，你想想办法，让我们靠近了看，最好能接触接触……"

二叔说："晚上行。后半夜就我一个人在，我准备个大瓦数的灯泡，晚上换上去，怎么看都行。"

"好！"悟空说。

约好了晚上在哪儿碰面，二叔又给他们安排了流水席上的位置，还专门嘱咐厨师加了几道斋菜。

看看时间，离晚饭还有三四个钟头，悟空和小白龙让小二子别跟着了，他们准备在四周好好看看。随后他们找了个没人注意的地方，腾云上了天上。从高处看，螺蛳冲真像塞在螺蛳壳里的村子，没人带路的话，估计就算知道这里有个村子也很难找到。

"我去找找这里的水族。"小白龙说。

"我看看有没有山鬼精怪。"悟空说。

三个小时后。

"师兄，你不会相信，我在水里看到了什么。"小白龙对悟空说。

"你也不会相信我在山里看到了什么……"悟空也说。

"那师兄你先说吧。"

"我看到了一只当康,长得像野猪,'当康、当康'乱叫,据说看见了就会丰收;我还看到一只鹿蜀,长得像匹马,白头赤尾,身上有虎纹,据说用它的皮做衣服能子孙满堂;还有一只角端,就是一只角的麒麟,跟它聊了半天,它说它也不记得自己是什么时候就住在这山里了,偶尔有村民看见它,但大家相安无事,一直过得挺好;此外,山里应该还有一只祸斗,就是吃火的那种黑狗,我没见到,但我看到好几个地方都有火烧过的痕迹。你那里呢?"

小白龙说:"我见到了蠃鱼,就是长鸟翅膀的那种鱼;还看到了一条化蛇,人面豺身,长着翅膀;还有晚上上岸、蜕掉外壳有点像人的横公鱼;在我们去过的那个深潭里,我还见到一条虎蛟,鱼身蛇尾的那种怪蛟,见我去吓得半死,可惜智商太低,话都不会说……"

这时,小二子在远处看到他们,跑过来喊道:"流水席马上要开始啦,二叔让我来叫你们。"

一百瓦的大灯泡,在棚子下面拉了六七个,人头攒动的流水席开始了。

敬烟的、敬酒的、上菜的、划拳的、说笑的、吹牛的……灯光在每个人脸上晃动,热气、酒气、烟气混成一团,小白龙坚持了十五分钟,就说自己吃好了,转身出去了。悟空感到很奇怪,这个小村子怎么有这么多人。

热闹了整整三个小时，人才慢慢散去，灯也一盏盏熄灭，只留了两盏。七八个大妈穿着围裙围成一圈，在溪水里洗碗洗盆。又一个小时左右，所有人都离去了，最后两盏灯也关了，到处漆黑一片。世界似乎突然就安静下来，只有溪水哗哗流淌的声音。

悟空和小白龙来到停尸的棚子，二叔已经到了，正在手电筒的光线下，给棚里换外面用的那种一百瓦的大灯泡。换好后一开灯，整个棚子顿时亮堂堂的。

悟空和小白龙来到尸体前，从头到脚仔细检查，二叔到棚子外面把风。检查了十几分钟，一无所获。悟空看了看门口二叔的背影，对着尸体吹了口气，尸体立刻就变得赤条条的。

他们又从头到尾仔细检查了一遍。尸体在白炽灯的灯光下黄惨惨的，已经硬了，搬起来特别不方便，背部已经开始有尸斑沉淀。尸体上没有任何伤口，悟空还把金箍棒变成了把小撬棍，撬开了尸体的嘴，里面也是完好无缺，看上去就是正常死亡。

正查着，二叔在外面突然问："谁啊？"

一个光着膀子的胖子一头钻了进来，电光石火之间，悟空和小白龙把尸体往回一塞，然后悟空吹了口气，尸体瞬间恢复到原来的样子。

原来是个喝醉了的酒鬼。他冲进来后绊了一跤，扑在地上，一边哭一边用手捶地，嘴里喊着："婷婷，婷婷，你怎么这样回来了啊……你知不知道，我等了你多少年？我都不敢离开这破地方，就为再见你一面，我想你想得好苦！你太狠心了，怎么就不能活着回来一次……"

"好了吗？"二叔在后面跟进来问。

"好了。"

"你们等我一下,我把这家伙送回去哈。"

悟空点点头。

二叔像打架一样,把那个胖子酒鬼拽出去,外面似乎也来人了,有个女人的骂声传了进来:"灌了点马尿就不知道自己是谁了……"

"完全看不出来。"小白龙不理外面的喧哗说。

悟空说:"拘魂来问问。"

小白龙点点头。

等外面的喧嚣停了下来,把停尸棚的灯关了,悟空掐了个法诀,开始拘死人的魂魄。

头七,按道理魂魄应该在不远处,可他一拘,什么反应也没有。

"大师兄莫不是太久没拘过魂,搞错手法啦?"小白龙问。

"呸,我这拘魂的法儿,随叫随到,别说小小鬼魂,就是土地、城隍也是……"

"是不是被鬼差勾走了,不行去趟地府吧。"

"也行。你在这里等着。"

悟空说去就去,出了停尸棚,他一个筋斗就下地前往地府。到了地府,只见门口牛头马面两个站着岗。牛头一只手抱着叉子,佝偻着脖子,紧盯另一只手上的智能手机,不时发出几声傻笑;马面把叉子靠在墙上,手上拿着包薯片,腿不停地抖着,一边往嘴里塞薯片,一边东张西望,跟牛头说:"哎,你还没充好电吗?把充电宝给我用用。"

"好你们两个家伙,站岗的时候开小差!"悟空大喊一声。

两个家伙都吓得跳了起来,马面手上的薯片都扔出去老远,等看清了是悟空,这才都缓了口气。

马面堆着笑说:"大圣,大圣,你看我们兄弟两个,这黑灯瞎火的,可怜没事儿做啊……"

牛头还是聪明些,立刻转移话题道:"大圣,什么风把您老人家吹来了,是不是有什么事儿啊?"

悟空说:"我想查一个人,应该是这两天被你们勾来的。"

"这还不简单。大圣有所不知,我们这里今非昔比,十年前就上系统啦,我带你去判官那里,分分钟就能查出来,又快又准。"

听闻是大圣到了,当值判官打起精神,生怕接待不周——当年那顿乱打后遗症太大。

判官把悟空带进了衙门里,原来的大堂现在却像个格子间办公室,一排排的电脑整齐排列。一排排的小鬼程序员身上一水儿格子衬衫,脸上一水儿黑眼圈,手上一水儿运指如飞。

"咱们这儿如今也现代化了,就是系统老了点儿。没办法,都是阳间先用,然后才轮到我们阴间的嘛。不过这几年,下来的越来越年轻了,据说前段时间还下来好几个大神级别的,说做这行的猝死率高……"

判官一边唠叨着,一边把悟空带到一个小鬼程序员面前:"大圣是要问哪几天的?"

"就这三四天吧。"悟空说。

判官跟小鬼程序员说:"把这三天勾下来的名单都列出来。"

小鬼程序员噼里啪啦一顿敲击,然后就见电脑屏幕上密密麻麻的名字一行行地排列下来,滚动个不停。

"具体是什么地方,可还知道?"

"螺蛳冲。"

小鬼程序员在一个文字框里输入了"螺蛳冲",一按回车,所有的名单都消失了。

判官看了眼,对悟空说:"螺蛳冲最近三天都没有记录。"

悟空想了想:"哦,死不是死在螺蛳冲的,应该是死在濯垢泉,你查查濯垢泉呢。"

小鬼输入了"濯垢泉",还是一个都没有。

"花石桥镇。"依然没有。

"大圣,到底哪里啊? 要不,咱们从地图上面找吧。"

小鬼程序员调出来一张俯瞰地图,输入"螺蛳冲",视角俯冲下去,很快找到了。悟空看了看,周边枇杷堰、花石桥镇都有,正确无误。然后小鬼程序员按照悟空的指示,把盘丝岭到螺蛳冲、花石桥镇,以及周边几个村都圈进去了。

三天内是有名单了,但只有一个男的,八十多岁了。

悟空歪着头:"奇怪了,你这不会出错吧。"

"怎么可能!自从用了这套新系统,我们好几年都是零出错,阎王老爷靠这个拿了好几年先进啦!"

"你把过去五年这地方死的人名单都打出来。"悟空又说。

程序员小鬼运指如飞,一会儿长长的一串名单都出来了,足足四五百人。

"把四十岁以下的都选出来。"

小鬼又敲了几下键盘把名单拉出来——只有五个。

悟空摸着下巴,在心里算了算,然后对小鬼和判官点了点头,说:"行了,谢谢你了。孙判官,打扰了,告辞。"

悟空这趟来去得快,回到停尸棚时,二叔还没回来呢。他见小白龙一脸惨白地站在棚里,问道:"怎么啦?"

小白龙说:"刚才你走后,我在这里坐了一下,不知怎么就

- 103 -

睡着了，竟然做了个梦……"小白龙脸色惨白地看着悟空，"我梦见无数的蜘蛛丝，顺着外面的那条溪水冲进这里，然后我看见，整个盘丝岭、濯垢泉、花石桥镇……所有这些地方，都被密密麻麻的蛛丝覆盖得严严实实！"

第九章

妖怪大先生

凌晨四点左右,小白龙才从螺蛳冲回到及春院,结果刚睡到六点半,有只该死的喜鹊就在及春院那棵老枣树上面叫个不停,小白龙被吵得睡不着。

做白龙马时,无论什么地方什么环境,他站着就睡了,但这几天顿顿好饭,夜夜软榻,似乎唤醒了他很久很久以前做公子哥儿时的好些习惯。

小白龙没办法,起身穿好衣服,唤进暮雨小娘,被服侍着洗了脸刷了牙,然后站在院子里,好好呼吸了几口带着点苦涩甜味的空气。雪白的袍子、软蓬蓬的袜子和脚底几乎没沾一点泥的新鞋,小白龙似乎可以听见全身习惯了劳累的、紧绷的筋骨在慢慢地舒展开。

院子门开着,门外的游廊走过一个穿蓝色轻纱的少女,经过院门时,往院子里看了一眼,正好对上小白龙的视线。四目相接,小白龙心里一荡,忍不住往院门方向走了两步——要说美,比她美的小白龙还真见过不少,但少女身上带的那种风情,小白龙却从未见过。

"……觉得濯垢泉好像哪个姑娘都不如她美,那就是她了。"小白龙心里突然就想起朱紫璃形容她们二姐的话。

"果然如此。"小白龙心里想。

经过院门后，蓝色轻纱少女拐了几拐，往中心花园对面的一个院子走去。等开了对面的院门，少女似乎感觉到背后小白龙灼灼的目光，于是回过头，大大方方地向小白龙笑了笑，然后行了个万福礼，小白龙反而有些莫名其妙地脸红。对面的门关上了，小白龙还久久不忍心移开目光。

"公子，濯垢泉住得还习惯吗？"

院门另一边，转进来一个穿紫色轻纱的少女，正是三姐朱紫璃。她一开口，吓了小白龙一跳。

"哦，是紫璃姑娘啊，当然住得惯！说实话，都快舍不得走了。濯垢泉真是个好地方，怪不得我叔父在这里常年包了间院子。"

朱紫璃微微歪着头，看看小白龙，然后转头看了一眼对面的院子，表情似笑非笑。

"我听管家说，公子一直没有喊暮雨小娘陪夜，我还以为濯垢泉有什么招待不周的地方呢！公子的叔父可是濯垢泉大客户，要是怪罪下来，我这负责内院的可担待不起。"

小白龙笑了笑："在下多年前就已入佛门……"

"哦？"紫纱少女在小白龙身边走了两步，颇为玩味地看着小白龙，"我还以为是庸脂俗粉入不了公子的眼。"

"紫璃姑娘说笑了。"

朱紫璃笑笑，没在这个话题上继续下去。

"对了，早饭还有会儿才能到，不知能不能先跟公子聊聊。"

"请。"

小白龙把朱紫璃让进院里，两人在枣树下的石头桌椅落座。朱紫璃细细地问了昨天去螺蛳冲的情况，小白龙挑了些能说的说了，包括大师兄去了地府但没找到去世者的魂魄，而对自己的那个梦他却只字不提。

朱紫璃听说柳婷婷魂魄不见了颇有些不安。

"不知大圣和圣僧是什么看法？"

"目前线索太少，他们也搞不清楚。我冒昧问一下，过去五年，濯垢泉去世的四十岁之前的人总共有多少？"

"一年总有两三个，这么算起来……"朱紫璃默默回想了会儿，"我记得的就有十个了，实际数字只多不少。"

小白龙摇了摇头，说："这问题就大了。我师兄在地府问到，这里五村一镇，五年里四十岁以前死的一共只有两三个，可能濯垢泉死去的人的魂魄都没进地府。"

朱紫璃一听眉头紧皱，脸色也有些白，过了好一会儿，似乎才消化了这个消息，恭维道："还是公子一行厉害，才调查一天，就找到这么重大的线索，等会儿回去，我要抓紧告诉大姐……"

"对了，"小白龙打断朱紫璃说，"有件事我不知当讲不当讲……"

"公子请说。"

"你们七个姐妹，也算法力高强，为什么要搞濯垢泉这种地方？好确实是好，但不管怎么说，总归……总归是个烟花之地，既然查不出线索，何不就此解散，一走了之。"

朱紫璃笑了笑，从小白龙迟疑的口气里，她感觉到了善意。她叹了口气说："我们久居这里，背井离乡那是不行的。而这濯垢泉方圆，除了一口温泉还算不错，其实土地贫瘠、百姓穷苦，又是著名的三不管地界，上无王法、下有恶贼，我们也是实在想不到还能做什么。如果不这么做的话，何来现在这一方百姓的安居乐业？"

小白龙张了张口，莫名其妙地冒出一句不伦不类的话："难道紫璃姑娘没听说过，'饿死事小，失节事大'？"

朱紫璃忍了忍，最后还是没忍住，说："公子真是站着说话不腰疼，不知道公子这辈子有没有挨过饿？"

小白龙默然不语。

"公子没饿过，我饿过，我来告诉公子，饿是什么滋味。那感觉，就好像胃里伸出了无数只手，要把一切都抓到肚子里去，连自己生的孩子也顾不得了。下得了口的直接烹了，下不了口的就和邻居们换了吃。你有没有听过那父母之间讨价还价，说什么'你家孩子太瘦，没我家孩子养得肥……'"

小白龙哑口无言，劝解的话再也说不出口了。

朱紫璃叹了口气说："濯垢泉的行当确实不那么光彩，但人都要饿死了哪里还顾得上什么礼义廉耻。濯垢泉建成后，至少这里的百姓没有再挨过饿，只是可惜了院里的那些姐妹……"

小白龙也叹了口气，说："紫璃姑娘，你们这里的事我们会尽力！"

朱紫璃站起来，向小白龙行了个万福礼，然后说："先谢过公子了。另外，今天中午还有一个饭局想邀请公子和大圣。有个妖怪来者不善，我们想狐假虎威一番，借公子和大圣的威名给我们撑撑场面，还望公子和大圣赏脸，紫璃先在这里谢过了。大圣那里，一会儿我去请他。"

小白龙点了点头，说："小事，小事。"

朱紫璃走后，小白龙在院子里走了两圈。暮雨小娘随后送来了早餐：一碟麻油素包、一碟百果蜜糕、一笼蜜糖雪饺、四个蟹黄小烧、一碟麻油拌的腌花菜梗，还有一碗栗子泥粥。早餐有甜有咸，十分开胃，加上他昨晚睡得迟，此时已饥肠辘辘，小白龙吃得口滑，刹不住，又点了跟叔父一起吃早饭时吃过的袖珍糖三角和月牙素蒸饺，再要了一碗粥，直吃到心满意足才放下碗筷。

吃过早饭，小白龙施施然踱步前往师父住的柳新院，却又看见朱紫璃在柳新院坐着喝茶——她是来邀请悟空出席中午那个饭局的。

朱紫璃没直接对着悟空，而是很委婉地对三藏说："本不应该又来麻烦长老，更何况昨晚大圣和白龙公子回来得那么迟，今日该好好休息才是。只是我们想来想去，实在是找不到可以帮忙的人，今早实在是没办法了，只好觍着脸过来求助。"她端起手边的茶杯喝了一小口，对三藏抱歉地笑了笑，"是本地新来的一个大妖，前面跟我们有过矛盾，约了今天中午来拜访，我们估计是来者不善。当然，我们也不是就怕了他，只是毕竟在我们自己地盘上，真打起来，无论输赢，濯垢泉估计都得大修甚至重建，员工们也免不了要遭殃，所以想借您两位高徒的威名吓唬吓唬他，免去一些兵戈。"

"你这儿住宿吃饭的费用不低啊，左一个忙，右一个忙，我猴哥齐天大圣的面子你要借，小白龙西海三太子的面子你也要借。哥两个昨晚才回来，还没躺下，又被拉出去帮忙，这忙怎么越帮越多了啊……"八戒在一边哼哼道。

朱紫璃的脸唰地红了。

"八戒，你说什么呢！"三藏训斥道，然后转过脸，和颜悦色地面朝朱紫璃，"女施主，区区吃饭的小事，何足挂齿。我马上就差我两个徒弟跟你一起去，要是不够，我这儿还有两个徒弟呢……"

"我没意见！"八戒立刻眉开眼笑，"你们中午这顿饭怎么也算是公务接待吧，这标准……"

"呆子！人都去了谁保护师父？你和沙师弟在这里保护师父，出了事，要你好看！"悟空在边上说。帮一次也是帮，帮两次也是帮，眼见师父被这几个小妖精拿捏得服服帖帖的，悟空也没什么办法。

八戒的脸一下就垮下来了。

"猪长老，我们中午的接待等级确实是我们濯垢泉最高的，不过您放心，今天中午宴席里的素斋我让厨房备两份，一份送到柳新院，您和沙长老陪圣僧在这里吃。"朱紫璃带着笑容说。

"哎，那敢情好！不愧是濯垢泉，做事漂亮！"八戒满意了，就不吝给个好评。反正不管帮什么忙也轮不到他，毕竟他能力有限嘛，但是便宜不占白不占。

三藏连连摇头："如此索要回报，成何体统。女施主，你不要理我这徒儿。"

八戒脸又垮了。

"这算什么回报，顺手的事，圣僧不必介怀。"朱紫璃说道。

八戒这才又眉开眼笑。也就是他脸皮厚，才能这般自然地变幻脸色。

"哦，现在已经十点了，我去看看安排得怎样了。你们先休息休息，十一点来如锦院就行。昨晚我听管家说大圣和白龙公子凌晨三四点才回来，真是辛苦你们了。"

等朱紫璃走了，悟空和小白龙把从螺蛳冲找来的线索跟大家分析了下，其实也就三条：第一，这里的妖怪是真多，不是普通的多,是非常多;第二,濯垢泉死掉的人的魂魄,不知道去了哪儿;第三条,小白龙的那个怪梦。他们之前也做过梦,但这些梦都不能当成线索去问蜘蛛精,只能心里有数,蜘蛛精们很可能也不是表面上那么简单。

十点五十分,管家来请,悟空和小白龙跟着前往如锦院。到了如锦院屁股还没坐热,管家进来通报,说"大先生"到了。

这是一个三十多岁的小白胖子,穿一身唐装,卷着袖子,脖子上挂了一大串佛珠,手上盘着两个核桃,在一群人的簇拥下,迈着"六亲不认"的步伐进了院门。一见朱红衣,他张开双臂就想拥抱,结果朱红衣及时伸出一只手,小胖子只好略显尴尬地收起一只手,跟她握了个手。

"红衣姑娘,鄙人对濯垢泉慕名已久,一直都没机会登门拜访,恕罪恕罪啊。"

"大先生客气了,和大先生比,咱们濯垢泉这点小生意不足挂齿。今天你们能来,我们这里真是蓬荜生辉。"

因为时间也不早了,他们就没往休息室去,一边寒暄着,一边就进到了如锦院的饭厅,直接在大圆桌边分宾主坐下了。

小白胖子带了十几个人,但落座的连他在内只有五个,其他人都站在后面。

一个看上去二十多岁的小瘦子,又矮又瘦,尖嘴猴腮,一身黑衣,还戴顶黑色的毛线帽,一双眼睛骨碌碌直转,看上去一副贱贱的样子。

一个非常精壮的三十多岁的花衬衫平头男人,无论走路还是坐着,头都微微往前勾,仿佛随时发现猎物就要上去撕咬一样。他面无表情,不苟言笑,看着阴沉沉的。

一个很壮的大个子,身高有两米多,一头波浪长发披在身后。他穿着黄色高帮工装鞋、黑色工装裤,裤脚收在鞋里,上身是军绿色工装衬衫,衬衫袖子卷起来,露出粗壮的小臂,上面满是花花绿绿的文身。

一个轻熟女,皮肤很白,有一双大长腿,个子高挑,比小胖子还高半个头。她穿着小尖领职业装,黑丝袜、一字裙、白衬衫,白衬衫上面两个扣子没扣,露出很深的"事业线",脸上还戴一副细红框眼镜,嘴唇猩红。

小胖子坐下后,两个小娘给大家上茶。

"大先生尝尝我们的盘丝岭云雾茶……"朱红衣还没说完,一个小娘一声尖叫,大家转头一看,黑衣服小瘦子身边一个小娘正捂着屁股,满脸通红地看着小瘦子,小瘦子却若无其事,仿佛自己什么也没干似的。

朱红衣眉头一下就皱了起来。尽管进了濯垢泉跟暮雨小娘要求什么服务都行,但这么正式的场合,这黑衣服小瘦子这么做也太不把主人家放在眼里了,几乎就是在打她们的脸。

四姐朱橙新更是把桌子一拍就要发作,这时小胖子赶紧说:"抱歉抱歉,小黑这家伙就这毛病,不是你们想象的那样。不怕你们笑话,我屁股都被他捏过,只要背对着他,这王八蛋就控制不住自己的手……"

"嘿嘿,小黑这王八蛋是这样的,我也被他捏过屁股。我当时恶心坏了,以为这王八蛋爱好特殊呢,差点杀了他。"大个子在边上笑,一边把拳头捏得嘎嘣响,一边粗声粗气地说。

"这小王八蛋捏过我六次屁股,五次都被我打得只剩一口气,他是真控制不住自己,只能小心别背对着他。"大长腿轻熟女也说。

大家一听，虽然不知这黑衣服小瘦子到底什么毛病，但既然都这么说了，他们也不好再计较。

"这位是大先生。大先生白手起家，才短短几年时间，就把我们忙了快一百年的濯垢泉比得看不见了。"朱红衣给悟空和小白龙介绍道。

"哎呀，红衣姑娘给我脸上贴金啊，其实只是大家给我点面子，觉得我为人还算靠谱，能交个朋友。"大先生满面笑容，"这两位是……"

"这位就是齐天大圣，这位是西海龙王的公子敖烈，他们保金蝉子三藏西天取经，路过濯垢泉。咱们和金蝉子素来交好，所以请他们住了几天，正好今天大先生过来，圣僧派他们过来作陪。"朱红衣介绍道。

小白龙听得眉头一挑，悟空倒是没什么反应。

大先生立刻站了起来，说："哎呀，原来是大圣爷爷和小白龙大人！咱们这些小妖怪，哪个不是听大圣爷爷的故事长大的，今天可算见到真人了！您一定得给我签个名！"

跟他一起来的几个，眼神也热烈起来，纷纷起哄帮腔。

"好说，好说。"悟空说。

"去年，平天大圣牛魔王和混天大圣鹏魔王、驱神大圣禺狨王路过小的这里，小的还做了一次东，大家喝得尽兴而归，约好过几年去狮驼国再聚一次。狮驼国大圣知道吧，现在那里是妖族的天下，那的发展不得了啊……平天大圣说要把几位大圣爷爷都喊上，不知道您有没有空。"

"呵呵，这几个家伙，现在还凑在一起。我是不可能有空了，大和尚这里离不开……"

"咳咳。"小白龙在边上干咳了几下，怕悟空什么话都说出来了。

"那真是遗憾了，不过今天能见您，也算我三生有幸，三生有幸！"

朱红衣的脸色有点难看。

"红衣姑娘，我这人习惯了直来直往，"小白胖子转向朱红衣，微笑着转换了话题，"这次来呢，是希望我们能有机会合作。目前濯垢泉周边五村一镇，各种中高档的娱乐和消费场所挺齐全的，而且生意不错，其中不少都和我们有合作，有的我们甚至也占一点股份。现在呢，我们觉得时机成熟了，想开一家超大型的露天温泉会所。各位娘娘是真好——这是我的真心话啊——把濯垢泉的泉水都引流出来，免费给大家用。但我不知道各位娘娘有没有意识到，这不是个长久之计。等我们的超大型露天温泉会所开业，温泉水肯定是不够的，所以我想跟濯垢泉一起组建一个公司，把这温泉水给管理起来，谁付的钱多，谁就能多用一些。这个公司呢，红衣姑娘这边可以凭借温泉水入股，我们这边出现金，估值多少红衣姑娘你说个数，报个什么价格都行！"

朱红衣笑笑没说话。

"或者，我也可以给你们一些我们马上要开的这家大型露天温泉会所的股份。不管是钱还是股份，我保证能给到各位娘娘满意！如果濯垢泉也能让我参点股就更好了，这样大家就真的是一家人了！我的生意在整个妖族都数一数二，但一直缺高端品牌，没办法，我就是个暴发户，高端品牌还是要红衣姑娘这样有底蕴有品位的人来操盘。"

小白胖子顿了顿，见朱红衣依旧没什么表示，继续说道：

"三年前我得知了濯垢泉这个地方，马上就来考察。说实话，我是真佩服啊！还是你们濯垢泉会做生意，就算是这种三不管的地方，但竟然人人都对拿钱买命——是真的买命啊——习以为常，这简直太好了！在其他不管多乱的地方我都得小心翼翼，很多东西都不能拿到台面上来说。不过你们也有不足的，比如有的妖怪就喜欢吃人，其实人肉有什么好吃，现在的人都缺乏锻炼，松垮油腻，哪有牛肉来得好？但没办法，有的妖怪就是要个面子，人贵嘛。既然有这个需求，满足他就是了。你看我们，一个人才一千六百万，这个价格可以了，利润很高啦。我们还特别人性化，现代文明社会嘛，我们找的都是自愿的，好吃好喝养一段时间，调理调理身体里不健康的物质，然后哪天晚上睡觉的时候，送一点毒气，人不知不觉就死了，心情愉悦，食材味道才好。我这么搞，利润翻倍都不止，你们这儿杀个人吃个人竟然要一个亿，这不是做生意，这是赌气啊！做生意，有的时候心不能太黑！"

"大先生你误解我们了，我们定价一个亿，就是不希望客人伤害我们的人，并不是想做杀人的生意。"朱紫璃插话说。

"毕竟是在人间界，这样买卖人类不好吧？"小白龙忍不住也插了句嘴。

"不好？有什么不好？不管我买不买，他们反正都要把自己卖掉的。他们卖给普通公司能挣多少？就算一个月一万五，不吃不喝工作四十年也不过挣七百二十万。其他老板相当于零买，我这相当于整买，价格还翻倍！"

"话不能这么说……"小白龙说。

"不能这么说，那怎么说？我们又没强迫他们。把自己卖给我们的人本身就是无路可走了，是我给了他们一条路。而且咱们不光卖人啊，只要给钱，妖怪咱们也照卖不误。妖怪还更简单，也没这么麻烦，没人管，直接抓来，价格合适就出手。我们卖了不少狐狸精给有钱人了。洋鬼子有句话我就很喜欢，'Business is business'，生意就是生意嘛。而且说实话，我这门生意，其实获利最多的，反倒是我那些人类股东……"

小白龙和悟空对视了一眼，总觉得这里面有什么不对，但又说不上来。

"那生而为人的痛苦、幸福、失望、悲伤、欢喜、亲情、爱情、友情……这些你怎么算？"朱绿蕉插了一句。

小白胖子古怪地看着朱绿蕉，然后恍然大悟："哦，你们姐妹曾经很长时间以为自己是人类，过的是人类的日子。但你们毕竟是妖啊，人非我族类，管那么多干吗？你看人类管不管牛、马、羊、猪？"

"人有意识有悲喜，岂可跟牛马一样？"

"小姐姐，你怎么知道不一样？咱们很多妖可都是牛、马、羊、猪修炼来的。"一旁的大长腿轻熟女笑嘻嘻地瞟了一眼悟空和小白龙，两个人立刻懂了，这是在说八戒呢。

"哎，哎，好了好了……"小白胖子制止了轻熟女和朱绿蕉的争论，"其他话不说了，反正下个月我们总部就搬来了，能不能合作，还请红衣姑娘给个痛快话。"

朱红衣说："小小濯垢泉仅仅是我们姐妹的容身之所，并没有和其他人合作的想法，其他产业我们也没有兴趣。至于这温泉水，本来就是盘丝岭濯垢泉五村一镇所有人共有的，所以对温泉水收费不合适。"

小白胖子愣了愣，然后大笑道："好的好的，红衣姑娘的意

- 117 -

思我明白了,那就吃饭。于公合作不成,于私大家还可以是好朋友嘛。一直都听说濯垢泉的厨师长外号就叫'美食家',不知道今天咱们能不能有幸尝到他做的菜。"

红衣也笑了,隐约透露出一点如释重负的味道,说:"你们来,当然是美食家先生亲自下厨。一会儿他还会来亲自给大家介绍今天的菜肴。"

"那我们今天有口福了!"小白胖子喜笑颜开。

第十章

饕餮盛宴

小娘们开始上菜，一个个都离黑衣服小矮子远远的。

一开始上来的是八道冷盘，装菜的餐具都明洁剔透，大大小小放了一桌，看上去就很舒服。其中荤的有四样：一个大盘子，盛着切成片状的什么东西的肉，上面浅浅刷了一层淡黄色的酱汁；一小碗什么东西的肝脏，生的，切成厚片；一盘果冻样的褐色东西；一碗白色的东西，看着像嫩豆腐。

素的也有四样：一碟各种蘑菇做的沙拉，蘑菇的颜色都极其鲜艳，散发着一种危险的古怪魅力；一盘绿色的拌野菜，上面撒了白芝麻；一大盘奇怪的豆制品，长满白毛；一篮子和嫩蚕豆拌在一起的奇怪花朵。

随后进来一个一身雪白厨师服的中年人。他身上的厨师服裁剪贴身，款式考究，身材中等，看脸却很有喜感：大饼脸，一条线的眯缝眼，表情严肃，看起来一副鄙视别人的样子。

小白胖子立刻站了起来，大家也跟着站了起来。

"美食家先生，有劳了。"

美食家只是向大家点了点头，说："娘娘们好，大圣、小白龙公子好，大先生好，请坐，请坐。"

大家都坐下来了。

"今天很荣幸能给各位做菜，希望大家都喜欢。先上的呢，是我设计的'极乐八冷盘',也是今天这桌宴席的重点。其中荤的四道,都是野生河豚。这盘里的是河豚鱼脍,切得比普通鱼脍稍厚,口感紧实爽脆,上面刷了我秘制的酱料;碗里的是河豚肝,河豚肝滋味浓厚,不需要酱料,直接吃就好;那边褐色的是河豚皮熬的肉冻;而这白豆腐一样的是河豚籽。我要提醒大家,这些河豚制品都是带毒的。"美食家先生笑眯眯地看着一桌人,"寻常厨师做河豚要把毒去干净,最高境界也就是带一点点毒,但我做河豚,所有的毒都会保留。当然,为了去除血腥味,河豚血都做了处理,添加到酱料里去了。不知道在座各位有没有勇气为了这无上美味下筷啊。"

美食家话音刚落,大先生就夹了一块河豚肝放到嘴里大嚼特嚼,然后夸张地大喊道:"我的天,好香!而且这口感,又嫩又滑……"他咽下嘴里的河豚肝,咂了咂嘴,"怪了,我突然心情大好,莫名其妙地特别开心,这是怎么回事?"

美食家先生笑了起来:"世间最美味的是什么?当然是毒了,只有毒才让人欲罢不能,就像咱们濯垢泉的朱蓝滟姑娘……"美食家先生扫了一眼,见二姐没来,表情颇有点失望,"所有的毒都保留,但我又都处理过了,那些让人难受的、痛苦的甚至会死亡的部分我都去掉了,只保留了那些愉悦的、让人欲罢不能的。"

"美食家先生真乃神人也!"大先生竖起大拇指。

"这边的四个素菜,一道是什锦毒蘑菇、一道凉拌断肠草、一道嫩蚕豆拌万毒花,最后一道则是毛豆腐。这毛豆腐是我用特殊的菌种培育的,奇鲜无比,入口即化,吃过这个,最美味的奶酪都将食之无味——当然,菌种也是有毒的。"说到这里,美食家指了指桌上的两大瓶酒,一瓶血红色,一瓶粉红色,"这是今天为各位准备的两款酒,这一款红色的是用一种特殊的米虫和粮食酿成的,这种米虫只在最好的大米里生长,血液和人血的颜色一样。用大米喂养这种米虫后,再碾碎了跟八种粮食一起酿造,所以这款酒的名字就叫'血酿',喝起来极易上头,但不易醉,后劲小,风味独特。这款浅色的叫'樱花醉',是给大圣和小白龙公子准备的素酒,里面有各种水果,最关键的是天界祖樱的花瓣,香气浓烈,也是不容易醉,但后劲极大。各位先慢用,我去准备热菜。"

悟空把四种素菜都尝了尝,毒蘑菇和断肠草都特别鲜美,是两种不同的鲜;带毒毛豆腐又是一种醇厚的鲜味,润滑浓郁;而万毒花,每一朵花的味道都不同,有辣的、有酸的、有带一丝丝苦味的,还有甜丝丝的。所有的菜都有一个共通点,就是吃完后,有一种控制不住的欣快感,让人想说话、想笑、想闹,想和身边的人推心置腹地聊上个通宵。

大家把凉菜吃得七七八八,就开始上热菜了。先是每人一小盅松茸清汤,放了一颗红枣,里面非常大胆地点了一两滴醋,喝不出来,但是让汤的滋味变得极有层次。喝完汤后立即上了四个热菜,前两道是荤菜:柠香大虾球,每颗虾球都有拳头大;一种不知道什么鱼,长相极凶狠,一个精干的小伙子当面宰杀,用鱼骨现场吊浓汤,然后用一把薄刃从鱼身上片下极薄的肉,再在浓汤里一烫就捞出来,最后把曲卷的雪白的鱼肉分到每个客人面前。这鱼极丑极凶,但肉却很甜。

两道荤菜上完之后,两个小厨师抬了一节半人高的木桩上来,现场用几个大小不一的精致刨子开始刨皮,刨到最后,留下一指厚的乳白色木芯。这木芯没有木质,反倒有点像一大块凉粉。小师傅把木芯按人数切成牛排样的厚片，然后用炭炉架上厚铁板，把分割好的木芯往上一放，凉粉一样的木芯居然在铁板上剧烈地扭动了几下，接着一股奇异的浓香扑鼻而来。等两面煎到金黄，小师傅用一把快刀将木芯都切成麻将牌大小，然后用放在炭炉边上烤热的大白瓷盘装盘，一人上了一盘。

"炭烤龙髓木芯，请慢用。"

悟空夹了一块放在嘴里细细咀嚼，发现口感介乎肥嫩的牛肉和豆腐之间，但那种带一点点松脂味儿的奇异香气却让人食指大动！

极乐八冷盘的毒素还在体内，新上的食物也特别好吃，大家兴致很高，这时小白胖子大先生忽然反应过来，大家光顾着吃了，酒还没倒，于是立马站起来给大家倒酒。他给大圣、小白龙和红衣姑娘满上后，边上的小娘把酒接过去，给其他人一一满上。

"能相识就是缘分！"大先生先举起酒杯，"恕我冒昧，借红衣姑娘的酒先敬各位大神！来来来，一口干了！"说完，率先一口干了杯中酒，其他人也跟着举杯。

血酿酒的酒体特别醇厚，几近蜂蜜，接着是一丝锋利的铁锈味——血的味道，然后辣味一点点扩散开来，从喉咙到肚子连成一道热线。一口血酿酒下肚，被毒素撩拨得无比兴奋的大脑更是像在跳舞。

樱花醉，名字很女性，香气也很女性，但酒却很硬，非常甘洌，喝到嘴里像含了一口甜甜的冰，但很快，那口冰就慢慢地燃烧起来。悟空甩了甩头，忍不住叹道："厉害！"

席间觥筹交错，小白胖子谈兴极好，而且天南地北，无所不聊，无所不知，朋友更是遍天下，似乎稍微大一点的妖怪都认识。

"……天上某位大仙，具体名字我就不方便说了，反正排名前三。他司机，就是坐骑，看上去威猛雄壮，其实却有颗多愁善感的心。有一次他被一位仙子伤透了心，跑到我这里来哭了一晚上，然后非要吃一颗热恋中的心解恨，说什么秀恩爱死得快。我这儿都是走投无路自愿卖身被吃的，而热恋中的人，哪个肯死？没办法，我把我这边最漂亮的一个狐妖安排进公司，假装也是卖身的，然后主动接近大仙司机选中的那个男的，跟他假装谈起了恋爱……"

"为这事儿，大先生脑袋上的草原至少又厚了一米。"黑衣服毛线帽小瘦子冷冷地跟了一句。

大先生大笑，拍了拍小瘦子说："不就是顶绿帽子吗，这顶帽子戴上，从此就跟大仙的司机称兄道弟，我这顶绿帽子戴得值啊。"

悟空嗤地笑了一下。

"大圣爷爷，我知道你看不起我这样的做法，但我们这些小妖要法力没法力，要势力没势力，又能怎么办呢？难啊！而且，我说句话您别生气，就算您有把天捅了个窟窿这么大的本事，最后怎么样？还不是被压在山下五百年，现在还不是得保那呆子和尚取经，还戴了个箍子，像条狗！"

悟空一听大怒，刚想暴跳起来，小白胖子立刻又说："大圣爷爷啊，您也别气，我们是真的羡慕您，您是活生生的传说。这真不是讽刺，是真心话。您闯了那么大的祸，最后还能做条狗，还是一条能得正果的狗，我们呢？我们狗都不如啊！我是什么？大圣爷爷，我知道您有火眼金睛，我也不瞒您，我就是一条黄鼠狼，机缘巧合才成了妖。最落魄的时候，我被一群降妖除魔的神

- 124 -

经病堵在洞里，不得不吃了我的几个儿女才熬过来。不吃怎么办呢？他们已经死了，不吃我也得死啊！我可怜的孩子啊！我最爱的小女儿才出生三个月，黑豆子似的眼睛，平时跌一跤老子都心疼啊。最可笑的是，老子那时什么坏事也没做过啊！"

大先生趴在饭桌上号啕大哭起来。

"你能想象吗，后来我活着回去了，我老婆问我，孩子呢？孩子呢，孩子呢……孩子哪儿去了？！"

"大先生，我们还是谈你绿帽子的事情吧，这个话题不下酒。"黑衣服小瘦子在边上说，"大圣爷爷这次没喝高兴，你损失可就大了。"

这句话似乎提醒了大先生，他连忙哦哦两声，擦干脸上的泪水，又变得豪气干云起来："那个跟狐妖谈恋爱的傻子还不知道自己的心要被吃了，特别忐忑地找到我，说是找到了真爱不想死了，问我还有没有办法。为了让他保持心情愉快，我当然说有啊，还好好帮他规划了出去后怎么生活、怎么还钱，还答应说公司借给他一笔本金做生意，他那个高兴啊。然后当天晚上，我们往他的房间里送了一点点一氧化碳，就这样得到了一颗热恋中的心……"

"可惜当天上菜的时候，厨师忙中出错，那颗热恋中的心也不知道被哪个赴宴的妖怪吃了……"

大先生表情一变，瞪着黑衣小瘦子说："这秘密你也说出来了，你想死吗？！"

"外人那里不能说，今天这里不都是自己人吗？"小瘦子一本正经地讲。

"嗯，有道理。"大先生想了想，然后一边拍大腿，一边哈哈大笑，"最搞笑的是，那个蠢货非要说热恋中的心味道就是不一样，还说了好多什么多巴胺啊、激素啊之类有的没的。其实他吃的是不是人心我们都搞不清楚……"

"区别肯定是有区别的，不过能不能吃出来，这跟烹饪方法有关。"旁边有人接了一句，大家转头一看，是美食家先生进来了。他边上跟着两个厨师，抬着一个用盖子盖着的巨大盘子，打开后，里面是一整块三十斤左右的烤肉，用粗棉绳捆扎成圆筒状，上面淋了浓稠的深色的汁液，肉香浓郁至极。烤肉的下面垫着整颗烤得软软的蒜头、西红柿、芹菜段等配菜。

一个厨师把棉绳剪断，给每人切了手机那么大、半指厚的厚片，唯独没有给跟大先生一起来的大个子。大个子脸色一沉刚要发作，只见两个厨师直接把盘子转到了大个子身前。大个子愣了一下，随后哈哈大笑，也不用筷子，竟是一把抓起，也不怕烫，张口就咬。三五口下去，一小半就没了。

大个子一边吃一边说："前面我还觉得这都是些什么鸟玩意儿，塞牙缝都不够，更别说吃出味道了。不过这道菜吃得真舒服，这是我这辈子吃过最好吃的牛肉，没有之一！汁水多，香、嫩，还不塞牙！过瘾！"

美食家笑着说："这不是牛肉，这是视肉。得知您也要来做客，我就专门为您准备了这道硬菜，另外用我秘制的酱料调了味道。"然后他转向悟空和小白龙，"大圣，白龙公子，视肉虽然名字叫'肉'，但实际并不是肉，你们也可以吃。而且我向二位保证，我所用的所有调料里都没有荤物，放心吃，没问题！"

小白龙点头，表示感谢。

小白胖子大先生也在一边笑，丝毫不为自己手下如此夸张的吃法感到抱歉。然后大先生冷不丁地问了一句:"美食家先生,下个月没问题吧?"

"没问题。"美食家笑了笑答道,然后转身看着朱红衣,"本来这件事想过几天再说的,但大先生正好提到了,我也要跟娘娘说一声。下个月我就去大先生新开的那个超大型温泉会所了。濯垢泉这边,所有的师傅我都调教好了,常规也有一百多道菜可随时制作,所有食材的购买渠道我也交代好了。娘娘觉得需要的话,我也可以继续作为顾问,每年来几次,帮着规范各色老菜式、开发些新菜式,再带带厨师。"

濯垢泉的几位娘娘脸色大变。

"先生是觉得我们给的钱太少吗?但先生一直没提过钱的事啊。是觉得我们不够尊敬先生吗?"朱红衣忙问。

美食家说:"跟钱没关系,跟尊重不尊重也没关系。各位娘娘对鄙人一直照顾有加,一些过分的要求也都能满足,鄙人一直感恩在心。要去大先生那里,主要是因为我作为一个妖怪,在漫长的岁月里,可以说把各种食材都研究了个透,我实在是想看看,如果把人作为食材的话,和其他食材有什么区别,到底能做出些什么不一样的菜来,所以……"

美食家见朱红衣的脸色极其难看,又说道:"等我研究透了,我还回濯垢泉,这点可以跟娘娘提前约定。"

"这点我同意,我不在乎的。"小白胖子笑眯眯地说,"先生只要帮我把厨师队伍带出来,先生想去哪儿去哪儿,不过以后也要做我的顾问哦。"

美食家点了点头。

话说到这个份上,就没什么好商量的了。后来又上了好几种精美绝伦的点心，有大唐苏式船点、冰淇淋、小蛋糕等，但席上很冷，只有小白胖子依旧什么也感觉不到似的大声说笑。饭后，朱红衣的几个姊妹都匆匆离开，只有朱红衣还维持着基本的礼貌，留到送小白胖子一行离开。

回到如锦院，朱红衣和悟空、小白龙分座位坐下。朱红衣的神态疲惫，掐了掐眉心，然后对小白龙和悟空说："事出突然，让大圣和白龙公子见笑了。实不相瞒，濯垢泉现在看起来风光，实际上维持得很艰难。说起来我们是开了个院子，其实很多精力都放在了院子之外，放在了维护这片地方上。这背后千丝万缕，各方面的平衡都很脆弱。大先生的那个露天温泉会所，据说规模超大，大到一次能接待一万多人。等到建成开业后，这里会乱成什么样，真的让人不敢想……现在大先生把美食家先生挖走了，我们内部又有那个四十岁的事，所以我们真的是疲于奔命，有时真的是什么都顾不上了，还请大圣和公子见谅。"

"这大先生是什么来历？"小白龙问。

"不知道，三年前外地过来的，用了三年时间，悄悄在这里买了好多产业，马上要把总部搬过来。"朱红衣用大拇指和食指掐着眉头说，"大家都叫他大先生，我听说这是因为他的诨号叫'大魔王'。"

"那是一只饕餮。"在回柳新院的路上，悟空突然说。

"啊？"小白龙没反应过来。

"那个美食家先生是一只饕餮。"

"不会吧，饕餮这种凶兽不是早就被杀光了……"

"谁知道呢。他大大方方，一点掩盖都没有，就差化出原形了。

这么有恃无恐,背后肯定有千丝万缕的因果。反正肯定是咱们惹不起的货。"

"那个大先生,真的是只黄鼠狼?"

"嗯,是只黄鼠狼。而且有趣的是,他法力真的很低,如果放在以前,估计只能当个小喽啰。"

"有多低啊?"

"还记得奔波儿灞和灞波儿奔吗?就那个水平吧。"

"这也是奇了。我看他那五个手下,似乎都挺厉害啊。"

"不是挺厉害,是非常厉害。像那个大个子,我都看不出来原形是什么。"

"这么厉害?"小白龙问。

悟空回头看了看小白龙说:"如果在海里打,你也就只能跟他平手。"

小白龙吐了吐舌头。在海里五五分,也就意味着不占地利的话自己肯定打不过。

"那个黑衣服小瘦子比较弱,是只乌鸦精。"

"哈哈哈,"小白龙笑起来,"难怪老拍人屁股,乌鸦这种动物就是贱兮兮的。"

"那个女的是只白猫精,水平比大个子稍微差一点;那个勾着头走路的花衬衫男人是只豺狗,水平比白猫又差一点。"

"世道变了啊,"小白龙感慨道,"一个法力微弱的小妖精,反而让几个大妖成了他服服帖帖的下属。我看那只白猫看大先生的眼神完全就是个小迷妹。"

"他还让几只远古蜘蛛精特别忌惮,就这么让他挖走了一只饕餮。"悟空接道。

"还让一只饕餮恭恭敬敬地称呼一声大先生,认他当老板。"小白龙又接道。

悟空和小白龙对视一眼,心情莫名地有些沉重起来。以前的取经过程中都是力大者胜,什么时候遇见过这么奇怪的妖怪。

沉默着又走了一小段路,悟空突然从口袋里掏出来根香烟,对小白龙说:"你先走,我抽根烟,然后我去趟鄷都,再去问问昨天螺蛳冲的那件事。要是师父问起来,你帮我说一声。"

"好的,大师兄。"

离开大师兄后,小白龙没有急着回自己院子补觉。早饭本来就吃得多,中午又不知不觉吃得有点多,所以他准备在濯垢泉里先逛逛,消消食。

路过片云院,他看见几个春风小娘在踢蹴鞠,其中有个在师父院里伺候的,小白龙记得,好像叫阿娇什么的。

小娘们身段都极好,踢得也花俏,小白龙不知不觉坐在游廊的座椅上欣赏起来。看了有一刻钟,阿娇踢累了,下了场,走到小白龙身边问:"公子,大好时光,怎么坐在这里发呆啊?"

小白龙对阿娇笑笑说:"看你们踢蹴鞠踢得漂亮,忍不住多看两眼。"

阿娇也多看了两眼小白龙,突然笑道:"公子不跟那几位长老一起住吧?我记得你好像住及春院。你是先来的,你不知道,你刚住进及春院的时候,紫璃娘娘差点责罚你们院的暮雨小娘,以为她们照顾不周。怎么,家里夫人漂亮,看不上咱们这儿的?"

几天好日子一过,小白龙的贵公子脾气有点回潮,忍不住打趣说:"嗯,没看上,如果是姑娘你,倒说不定。"

阿娇的脸腾地红了:"公子不要拿我打趣啊。"

小白龙说："是你先拿我打趣的哈。"

阿娇又笑了："公子真看上我了？那我为公子做一次暮雨小娘，等公子走了，我再做回春风小娘。"

"这还能来回改？"小白龙问。

"是啊，"春风小娘悠悠地说，"做了暮雨小娘就改不回来咯。"

小白龙没答话，过了一会儿才说："春风小娘不是蛮好的嘛，为什么濯垢泉里这么多姑娘要做暮雨小娘？"

阿娇叹了口气："你知道的，濯垢泉的小娘就那么些年可做，谁不想给自己、给家里多挣些。这春风、暮雨的收入啊，相差得大哩！一般都是年纪大了，客人看不上了，才做的春风小娘。"

"那你这么年轻怎么做了春风小娘？"

阿娇叹口气："我说不定哪天就做暮雨小娘了。小姐妹们刚进来都下定决心只做春风小娘，都说已经对得起家里了，但慢慢地，最后都做了暮雨小娘。跟我一起进来的也都做暮雨小娘了，我也不知道哪天就改了。说真的，公子，要不我就从你开始吧，至少你是头一个，算是我自己选的。"

小白龙又抬头看看这个阿娇。他们站的地方稍微有点背光，透过光能看到她脸上和耳朵上一层细细的绒毛，一缕发丝落在脸颊边上，肤色白嫩，眉目如画。因为蹴鞠，她这会儿脸色绯红，正笑眯眯地看着自己。

"阿娇！你来踢，我休息休息。"院子里另一个在踢蹴鞠的、年纪稍微大一点的小娘对着这边喊了一嗓子。

"来啦！"阿娇脆生生地应了一声，然后小声对小白龙说，"公子，你可要好好想想，机不可失哦。"然后对着小白龙眨了眨眼，跑了回去，换下了那个年纪稍大些的小娘。那个年纪稍大些的小娘先前眼睛一直盯着彩球,这时才发现原来下场的阿娇在跟小白龙聊天,于是抱歉地向小白龙笑了笑。

"院里姑娘不懂事,公子不要见怪。"小白龙身边突然传来这么一句,小白龙一扭头,原来是穿绿色轻纱的五妹朱绿蕉,也不知什么时候来到他身边的。

小白龙笑笑说:"怎么会呢。绿蕉姑娘请坐。"

朱绿蕉向小白龙行了个万福礼,然后坐在一边。

"今天中午,真是多亏了您和大圣,好歹有你们撑住了点场子,不然我们就更难堪了。"

小白龙摇摇头,说:"我们这次也是开了眼界了。不是今天中午这顿饭,我们怎么也想不到会有那种妖怪。"

朱绿蕉疑惑地看着小白龙,然后恍然大悟,笑了起来:"是啊,大先生这种妖怪,也真是独一无二了。当年他刚来的时候派人跟我们接触,我们听闻他法力不高,没怎么给他面子,结果后来我们就吃了大亏……"朱绿蕉迟疑了一下,似乎有些东西不方便说,于是转换了话题,"还好,后来我们及时调整对策,这才勉强保住了濯垢泉。从那以后,我们对大先生就特别忌惮。不过忌惮也没用啊,今天不还是吃了大亏,大姐和负责厨房的四姐正头疼呢。"

"这个大先生,与其说像个妖怪,不如说更像个人。"小白龙说。

朱绿蕉想了想,点点头说:"是这么回事。"

两人无话可讲,一时陷入沉默。为了缓解尴尬,小白龙主动提起了濯垢泉娘娘们都无比关心的事情。

"刚才我大师兄去地府找酆都大帝了,昨天螺蛳冲的事你知道了吧?"

西游密档

THE JOURNEY TO THE WEST

死亡诅咒

陈一多 著

盘丝岭

"知道了，上午三姐跟我们说了。白龙公子，这次真的感谢你们热心帮忙……"

"不用这么客气，我跟紫璃姑娘说过了，至少我会尽力的。"

"娘娘，过来踢蹴鞠啊。"球场上的阿娇姑娘突然对着朱绿蕉喊。

朱绿蕉对着球场上摇了摇手。

"来吧来吧，让我们学两手嘛……"小娘们都叫起来。看来对这位五娘娘，小娘们并不害怕，而且非常亲近。

小白龙主动站起来，说："绿蕉姑娘，你赶紧去吧，我正好要回去补个觉。"

朱绿蕉面带歉意地向小白龙笑了笑，然后向球场走去了。

第十一章

新线索

和朱绿蕉分开后，小白龙径直回到及春院准备补觉。等洗好脸脱了衣服，躺到床上时，他却发现自己明明困得厉害，但脑子里却又乱糟糟的睡不着了，脑海里突然想起跟叔父见面的那天。

那天，小白龙的叔父一早就出了房间。他穿着一身簇新的紫红色长袍，红光满面，身后跟着两个低着头，同样脸色红扑扑的暮雨小娘。看起来两个小娘都很满足，可见老爷子老当益壮。

那天的早饭也很丰盛，足足有成年男人半个巴掌大的肉蒸饺，一笼四个；小孩拳头大小的鸡汁小笼包，一笼八个；两面煎出脆壳的鸡蛋三个；一大块多汁的鱼排……七七八八，足足四五个人的量，被叔父风卷残云一般都吃了，自己都没叔父吃得多。

饭后，暮雨小娘撤下了餐具、奉上两盏盘丝云雾茶。叔父把茶捧到嘴边吹了吹，很响地吸了一口，然后对小白龙说："说吧，有什么话要我带给你父亲。"

小白龙踌躇了一下，说："叔父，我觉得我快坚持不下去了。"

"怎么了？有什么困难？"

小白龙说："这一遍一遍的，没完没了，实在受不了了。"他用双掌狠狠地搓了搓自己的脸，然后降低了声音，"有时我忍不住想，是不是家族已经忘了还有一个敖烈在一遍又一遍地取经。"

"敖烈，我问你，一劫有多少年？"叔父突然打断了小白龙，问道。

小白龙讶异地看着叔父："十二万九千六百年。"

"是啊，你也知道。你这才多少年？敖烈，目光要看长远啊。"

小白龙不说话，眼睛盯着桌面。

叔父叹了口气："这些年家族一直在默默地关注着你，你做得很不错，很难想象你这样的脾气能坚持这么长时间。家族不光没有忘记你，而且，我跟你实话实说了吧，今后我们龙族的希望可能都在你的身上。取经，取经，说实话，我们也没想到取了这么多年。可你已经开始了，就不能离开，你的因果现在和金蝉子是绑在一起的，你已经出不来了。"

小白龙抬起头，吃惊地看着叔父。

"你在这边再住两天吧，想做什么就做什么。"说到这里，叔父压低了嗓音，靠近小白龙，"我是说想做什么就做什么，就算吃个把人也没关系，我给你买单。这里发生的事，就算是神佛都不会知道。"叔父盯着小白龙的眼睛，然后他又叹了口气，"这也就是我这个做叔父的能为你做的一些小事儿了。不过，住个三五天后你得赶紧走。我这次来，也是专门提醒你这件事的。"

"啊？"小白龙大吃一惊，他本来以为叔父只是路过，顺便来看看他。

叔父用茶杯盖刮了刮茶沫，喝了一口，然后说："多的我也不能说，而且具体情况我也只知道一点点，这地方……"叔父用拿着茶杯盖子的手指了指天，"跟上面有千丝万缕的联系。你父亲让我来带话给你，说濯垢泉不可久待，久必生变，小心陷阱。"

说完，叔父起身把管家喊来，交代了些一切都算在他账上之类的话，然后挥挥手就走了。

"久必生变，变化不是已经发生了吗？濯垢泉从来不曾这样奇怪，七个蜘蛛精看上去成了好人；我总做一些奇怪的梦；师父不肯走，似乎也有其他原因……"

小白龙不知道自己是什么时候睡着的，一直睡到被手机振醒。他摸出枕头下面的电话，看到是大师兄打来的。

"师弟，我回来了，赶紧过来碰个头。"

小白龙赶紧起身擦了把脸，匆匆忙忙就去了柳新院。师父和师弟都已经在师父房间里等着他了。

"我这趟下去，先找了酆都大帝，结果他说魂魄向来没有一个固定去处，有的去了他那儿，有的去了泰山府君那儿。哼，他以为我不知道，地府早就精简机构合并办公了。我将他一顿吓唬，他才承认魂魄失踪这种情况一直都有，只是地府一直不承认，也没统计过。他说要勾的魂魄数量太大，有时候勾魂使者没及时到，魂魄自己迷路了，有时候是被别有用心的人摄去炼魂了。但就他所知，魂魄持续失踪这种事是从来没有过的。"

"那咱们这儿的情况他怎么解释？"沙僧问。

"我也这么问他，结果他查了半天，说濯垢泉这块儿地方，不光在阳间是三不管，在阴间来看也处在三大阎罗殿中间，也是个三不管的地界。可能有时交接有遗漏，给其他阎罗殿勾去了，也可能三方都以为是别人负责，所以这些年都没安排鬼使接引勾魂，魂魄都走失了，气得我当时就想给他一棒！"悟空似乎想起了当时的情景，抓了抓耳朵。

"屁话！五村一镇都有人勾，就这濯垢泉不安排人勾，这话鬼都不信。"八戒在边上插嘴。

"是啊。"悟空说,"要不是这么多年我修身养性,脾气好了不少,高低我都要抽出金箍棒抽他几下。后来他说这地方他记住了,会交代三个阎罗殿协调好,然后急急忙忙就想送我走。我看他是有什么事情瞒着我,但他不敢说,我也没办法,只能离开。"

"你没问他四十岁前一定死是啥情况?"

"我一去就问啦,他一问三不知,说每个人寿命都是天定的。被我逼急了他就赌咒发誓,我实在没办法,才问他魂魄怎么会不见的。从酆都出来后我就直接去了南海,我这劳碌命,一个下午跑了南北两个地方……"

"你到南海干什么?"三藏皱起了眉头。

"去干什么?找观音啊!"悟空大大咧咧地说。

"这边的事跟观音大士有什么关系,你找她干吗?"三藏有点气急败坏地问。他们在濯垢泉还要好吃好喝地待十几天,三藏有点心虚。

"我不找她找谁?谁让我跟你去取经的?谁给你的那个头箍?谁教你的那个破紧箍咒?取经出了问题,我不找她找谁?"

"你这个泼猴,气死我了!"三藏狠狠地拍了下桌子。

"我跟观音说啦,我们师兄弟几个都劝你赶紧上路取经,你不肯,非要管这里的闲事。我还告诉观音,这里七个蜘蛛精个顶个儿地漂亮,我们师父天天'女施主''女施主'地喊,我叫她们一句蜘蛛精,师父还生气呢。"

"你、你、你!"三藏指着悟空,手都气抖了。

八戒在边上,悄悄给悟空比了个大拇指。

沙僧见三藏气得话都说不出来了,怕他念紧箍咒,那样的话这个会就不知道要闹到什么时候了,于是赶紧问道:"观音大士怎么说？"

"哼，观音得知我们还在濯垢泉后大吃一惊，让我回来转告师父赶紧走！"

小白龙在一旁连连点头。

三藏愣住了，连生气都忘了，问："观音真这么说？"

"那是当然。"

"为什么？"

"我问了，但菩萨没说。"

三藏站起来，在房间里走来走去，走了有五六分钟。

悟空叹口气，说："不过，观音还说了另一句话。她说如果自认佛心足够坚定，可以不走，还说什么做个了断也是好事。"

三藏快步走到悟空面前，抓住悟空的手问："什么了断？什么意思？"

悟空说："你别问我啊，我也不知道。菩萨不是向来如此，说话都只说一半，谁知道什么意思。"

三藏放开悟空的手，正了正身形，双掌合十，向着南方拜了三拜，然后说："弟子自认佛心坚定，定要解救这濯垢泉众人。"

小白龙眼睛一闭，以手抚额。

等三藏行完礼，沙僧问："如果，我是说如果啊，"沙僧抱歉地看了一眼三藏，对悟空说，"如果师父佛心不够坚定，又没走，最后会怎样？而且这所谓的'佛心坚定'，是只要师父佛心坚定就行了，还是我们徒弟也都要佛心足够坚定？"

悟空双手一摊，表示他也不知道。

三藏看看众徒弟，说："你们放心，万一你们佛心不够坚定，有危险，为师一定帮你们。"

师兄弟四个相互看了看，每个人脸上的神情都有些怪异。悟空说："反正就这么回事，你们心里也有数，实在不行……你们懂吧？"

八戒、沙僧、小白龙如丧考妣，垂头丧气地说："由大师兄做主。"

三藏虽然没有丈二那么高，但也摸不着头脑，问道："什么'这么回事'？你们懂什么了？"

"没什么，没什么……"沙僧说。

"对啊，师父，没什么，真没什么……"八戒在边上说。

"大师兄是真心疼师父啊……"小白龙阴阳怪气地说，"反正大师兄都没意见，我还能有什么意见，我什么意见都没有。"

"心疼我？什么心疼我，他不气死我就不错了。不是，你们到底什么意思？"三藏问。

"没什么意思，师父高兴就好。"小白龙站起来，出门去了。

八戒、沙僧也站起来，闷闷地说："师父，不早了，早点休息。"随后也出门去了。悟空嘿嘿笑了两声，也站起来出去了。

"你们这一个个的，非把我气死！"三藏气得一拍桌子。

徒弟们都走了，三藏去把房门关上，换了衣服，上了趟厕所，回来把大灯关了，就着床头灯翻了翻几本佛经，然后准备睡觉。被褥、枕头都特别舒适，但他就是睡不着。

三藏看着天花板沉思着。他骗得过徒弟们，却骗不过自己。人自然是要救的，但自己不肯走，更重要的是因为自从来了这濯垢泉，藏在自己脑海深处的某些东西似乎就要破壁而出。那到底是些什么东西？

未知不仅会带来恐惧，还会带来好奇。三藏有些兴奋，又有些害怕，就像赌徒押上了全部身家，而揭开底牌的时刻已经越来越近，这时他怎么能走？

第十二章

两杆老烟枪

作为一件神兵，九齿钉耙其实并不比金箍棒差多少，但用来挖坑的话还是不如一把铲子。八戒挖了一个小时，坑还是不太大，挖出来的松土总是不停掉回去。八戒索性现了原形，用嘴三拱两拱，拱出来一个大坑，小心地把卯二姐放进去，又端详了很久，最后用耙子把松土都耙回去将坑填平，然后蹲在填平的坑边抱着头号啕大哭。

"有本事滚回去找你老情人去！"

卯二姐很泼辣，每次吵架她都会说这句话。

"你也不看看你现在什么死样，穷讲究这些做什么？"

"有本事你倒是去啊，别在这里跟老娘有的没的！"

"好啊，到处都找不到你，你竟然坐在这里看月亮想老情人？也不撒泡尿照照你现在的尿样！"

"我真是倒了八辈子血霉，跟了你这头死猪。还要老娘养活你，你说你有什么用？"

卯二姐死就死在这张臭嘴上。那日二郎神路过，在福陵山歇脚，他的哮天犬看见了只野鸡，冲上去抓，结果踩倒了几株二姐种在云栈洞门口的异种草药。卯二姐出来破口大骂，结果哮天犬上去对着卯二姐的喉咙就是一口，躲在洞里的八戒看见哮天犬咬的位置就知道坏了，但一切发生得太快，根本来不及制止。

实际上二郎神落下来时，八戒就已感觉到了。哮天犬踩到草药时，卯二姐指使八戒出去说理，但八戒没动。以前在天上还是天蓬元帅时，两人就是旧识，可现在二郎神威风依旧，他却变成了顶着张猪脸的八戒，实在是不好意思出门。卯二姐就开始骂骂咧咧，"你个没用的东西……"嘴里说着，自己就出门去看，结果遭此横祸。

二郎神并没有喝止哮天犬，也没有再上去补一方天画戟，他只是很不耐烦地骂了一句："净给老子找事儿！走了走了，万一再有妖怪来报复，杀起来还要耽误几分钟，老子刚换的新衣服……"说着他破空而去，哮天犬绕着卯二姐跑了两圈，也破空而去。

两道破空声消失后，八戒有些发蒙地从洞里走了出来。二姐真真地被一口咬在喉咙上，脖子都差点被咬成两节，已经死透了。

八戒知道，卯二姐是心疼那几株异种草药，那是她逼着自己去太上老君的兜率宫挖来的。当时八戒跟卯二姐说是动用了他和太上老君的老交情才挖来的仙草，其实他根本拉不下那个脸去找太上老君，是他自己偷偷跑到兜率宫，趁没人的时候，在太上老君倒药渣的地方随便挖了几株药草。因为常年受仙丹药渣的滋润，这些草确实要比其他地方的药草好一些，但在天庭，那就跟路边野草没什么两样，大小神仙看都不会多看一眼。

就为了这几根破草？

八戒蹲在卯二姐身边，觉得难受得厉害，但又觉得有点滑稽，一时间五味杂陈，反倒让他蒙住了。

卯二姐把那几株药草看得很重，常说等这几株结籽后就扩种成两三亩，量大了就卖给附近山头的妖怪或山下的药店，好歹换些银子回来，给洞里添些家什，甚至能再养些小妖怪，"咱们也享享山大王的福"。

只是八戒知道，这几根"仙草"失去了仙丹药渣的滋润后，最多一两代，也就真的成了破草了。但他没说，因为他怕卯二姐再逼自己："找找你的那些老关系啊。"

八戒只把这里当作暂时落脚的地方，他总觉得自己有一天还能回到天上，而卯二姐却在费尽心思地经营这里。她真的把这里当家了。

"咱们家老猪以前可是天蓬元帅，手底下几十万天兵呢！"

以前卯二姐自豪地跟过来串门的妖怪们吹嘘时，八戒恨不得把头埋到裤裆里，可这会儿想起来，他却只觉得顺耳、动听，甚至幸福。

"大妖，你真的愿意留在这里吗？"那天的夕阳下，卯二姐侧过头，嘴角含笑地看着八戒，圆圆的年轻脸庞上，鼻子边上的几点小雀斑都清晰可见。她嗓音清甜，带着点娃娃音，眼睛忽闪忽闪。那是许多年前，八戒第一次遇见卯二姐。

八戒是哭着醒过来的。醒来后摸摸脸，满手的泪水，连枕头都湿了。八戒抬起头，骂骂咧咧地把枕头翻了一个面，然后又躺了回去。

"这破地方到底是怎么回事，怎么这些陈芝麻烂谷子都想起来了，还让不让人睡觉了！"八戒瞪着天花板，骂骂咧咧地又闭上了眼睛。

一大早，三姐朱紫璃和五妹朱绿蕉就上门了，说今天约好了"本地通"小八过来。

"有五妹在，小八做事卖力。"朱紫璃笑眯眯地说。

"姐，你别瞎说……"朱绿蕉红着脸说。

三藏早就起来吃过早饭了，徒弟四个却都刚起床，这会儿围坐到饭桌边，一边吃一边跟姐妹两个说话。

"今天早饭没以前好吃，美食家是不是已经走了？"八戒大大咧咧地说。他气不过一大早这两个姐妹就来催命，所以故意哪壶不开提哪壶。

"八戒！"三藏气得训斥道，"不说话没人当你是哑巴。"

"哎，我这个人直，实话实说嘛。"八戒一边嘟囔，一边往嘴里塞第六个麻油素包子。

"你还说！"

"美食家先生还没走，估计过两天去大先生那里。这两天在交接，厨房比较忙，滋味差点也是难免的。"朱紫璃黑着脸说完后就不吱声了，气氛一时有点尴尬。

"两位女施主，这位小八是什么人啊？"三藏明显是在没话找话。

"哦，这位小八是我们这里的本地通，他开报社的。"

"这里还有报社？"沙僧问道。

"是啊，咱们这里尽管小，但设施齐全，报社、警察局、民政局、交管局……什么都有！"脚下一个尖细的声音插嘴，吓了三藏一跳，低头往桌下一看，是一个一身黑黄衣服的小人。

"你是什么东西？"三藏吃惊地问。

"你才是东西呢！你全家都是东西！"小人气得跳着脚骂。

- 147 -

"小马，怎么跟圣僧说话呢？我看你是皮痒了！"朱紫璃对着小人说。

听了这话，小人一下就蔫掉了，垂着脑袋。

"哦，原来你不是东西。"八戒一边嚼着第十个麻油素包子一边笑呵呵地说。

"我当然不是东西……"小人跟了一句，然后反应过来了，"好啊，你骂人！"

八戒笑得素包子馅儿都喷出来了，喷了桌下小人一身，小人尖叫一声跑出桌底，不知溜到哪里去了。

"圣僧别见怪，这是我二姐的干儿子小马，你别听他瞎说。我们这儿是有警察局之类的，但大部分都是这里的村民、镇民选出来的，其实这些警察局、民政局、交管局都只有一个人。"

"哦……"三藏还是有点愣愣的。

"是只小马蜂精。"悟空知道三藏在想什么，补充道。

"哦。"三藏这次明白了。

"我们在灵山开了灵智就决定不再杀生，但当时网上还有七只小虫，分别是马蜂、芦蜂、蜜蜂、斑蝥、牛虻、白蜡和蜻蜓，我们就一人一个收它们做了干儿女，这些年一直跟随我们修行。"朱紫璃解释道。

"阿弥陀佛，善哉善哉。"三藏双手合十唱了句佛号。

"这些部门可都是在咱们灌垢泉的倡议下建起来的，以前这里可乱了。"从悟空椅子下面又传出来一个细细的声音，三藏一看，是一个细胳膊细腿的小女妖精，扒着椅子腿，露出上半身。

"这是我七妹的干女儿小蜻，是个蜻蜓精。"朱紫璃对三藏说，然后她又转向小蜻，"今天是六妹给你们上课吧，你们不去六妹那儿,跑这里来干吗?"

"六娘娘早晨化妆时间可长了,十点半能上课就不错了。我们听说小八哥哥今天要来,所以过来等他。"

"赶紧去上课,别在这里添乱,要是六妹没时间,就去厨房帮忙。再不走,我告诉大姐,到时候你们就惨了……"

小蜻蜓精伸了伸舌头,掉头就跑,然后,树丛下、房檐下、窗子边等各个地方就跑出来五六个小精怪,有的鼻子特别大,有的一身黑衣带白点,有的一身漆黑……全部一股脑儿跑出了院子。

"小的没规矩,让圣僧见笑了。"朱紫璃说道。

"活泼可爱,天真烂漫,很好很好。"三藏说。

"小八那个报社以前也就三五个人,后来智能手机普及了,报纸办不下去,他就关了报社,现在做自媒体。咱们这五村一镇,要说熟,就数他最熟。他来协助你们,肯定能帮上忙。早几天我就给他打电话了,他也很热心,说完全没问题,就是他现在手上有件事要先了结。我也不知道他手上是什么事,能比濯垢泉这件事还大,但小八是个知轻重的人,他肯定有他的道理。"朱绿蕉在一边补充道。

三藏点点头,说:"麻烦几位女施主多费心了。"

"这是帮我们的忙,圣僧这话让我们情何以堪。"朱紫璃在边上说。

吃完早饭后又坐着喝了两盏茶,话聊得都快没得聊了,小八却还没有来。再看看时间,已经八点半了,朱紫璃和朱绿蕉脸上就有点挂不住了。

"昨天约的是八点,小八这个人平时很守时的。"朱绿蕉带着点抱歉的神情说。

"你打个电话问问吧。"朱紫璃说。

"嗯。"

朱绿蕉连打了三个电话,都没人接,都是响了很长时间然后自动挂断的。朱绿蕉开了免提,大家都能听见。第三个电话自动挂断后,朱绿蕉和朱紫璃对视了一眼,神色有点焦急了。

"小八这个人,每次都是秒接啊……"朱绿蕉说。

"是的,我给他打电话也都是秒接,他不会出什么事了吧?"朱紫璃说。

"姐,你等着,我回房拿个东西。"说完,朱绿蕉急急忙忙地跑出去,一会儿手里捧着一条晶莹剔透的透明宝石项链回来了。

"这是什么?"朱紫璃问。

"这是小八给我的,叫平安珏,一共两条,一人一条,如果其中一人有生命危险,这块透明宝石就会变得混沌模糊起来。"

朱紫璃若有所思地看了朱绿蕉一眼。

"他非要给我,我都没戴过,一直丢在房里的……"朱绿蕉读懂了姐姐的眼神,忍不住解释道。

"哦。"朱紫璃似笑非笑。

"你'哦'是什么意思啊?"

"我没什么意思,我看这块玉还是晶莹剔透的,应该是没危险了。"朱紫璃知道妹妹面皮薄,赶紧转移话题。

"是啊,没事也敢不接我电话,等他来了,看我不收拾他!"朱绿蕉恨恨地说。

朱紫璃悄悄翻了个白眼。

几人继续等到九点半,玉仍然是晶莹剔透,但人还是没来。

"不会昨晚这小八醉生梦死,又找了个姑娘一夜春宵,今天起不来了吧？"八戒在边上说。

"八戒！"三藏要气死了，"你这是出家人说的话吗？"

"不会的。"朱紫璃看朱绿蕉脸色很难看，就帮她向大家解释，"要不这样吧，大家也别继续等下去了，我和五妹先回去，什么时候小八来了，我再给大家打电话。"

"嗯，没事，我让徒儿们先找线索，你们也先忙去吧。"三藏说。

两姐妹跟三藏师徒告辞离开。

八戒一看两姐妹走了，立刻说道："我回去睡觉，昨晚没睡好。午饭好了喊我啊……"

"整天吃了睡、睡了吃，你就不能干点正事，去找找线索？！"三藏骂道。

"哎呀师父，我的正事就是保护你啊。而且，现在啥线索也没有啊，我老猪就算穷尽洪荒之力，没有线索那也没地方使啊。"

"你！"

"师父，你别跟二师兄置气，让他去睡吧，我和大师兄出去找找。况且你这里也确实需要人看着。"小白龙劝道。

八戒白了小白龙一眼，然后大摇大摆地回房间睡觉去了。

"好，还是你和你大师兄靠谱，关键时刻派得上用场。这瘟猪干啥啥不行，吃饭偷懒第一名，师父我心里都清楚着呢，你们两个辛苦了。"

这下轮到悟空翻白眼了。

小白龙拉着悟空出了院门，出门后，悟空说："那瘟猪不像话，但说得有道理啊，咱们什么线索都没有，有力气也没地方使。"

"咱们在那里，师父看着咱们着急生气；咱们出来，换个地方歇歇不是一样的吗。"小白龙说，"而且，你不是还跟师父约

- 151 -

定了十五天就走？已经过去好几天了，我觉得就算有线索，咱也别那么卖力调查了——不查没危险，一查大危险，哪次不是这样？赶紧熬完这十五天，赶紧上路取经。我等一下回我自己院子，你呢，要不一起来？这两天咱都没睡好，我那儿有空房间，来补个觉。"

悟空举起一根手指点了点小白龙："你说得有道理。算了，你院子我就不去了，我瞌睡少，我去买包烟。"

师兄弟两个就此分开，一个回及春院，一个去买烟。

濯垢泉大堂的犄角旮旯有个小超市，悟空看了半天，买了包当地的叫"盘丝洞"的烟，蓝色的，十六块，微信转账。做和尚，吃饭不要钱，穿衣不要钱，但抽烟总得给钱。他微信里只有一千多块，还是老早花果山四只通灵老猿之一、一身雪白的崩将军打过来的一万块孝敬钱，花到现在只剩下这么点了。悟空记不得是什么时候染上烟瘾的了，似乎是某一次取经时，一个小妖怪说这一抽啊，跟神仙似的，啥烦恼都没有了。他抽了烟，但并没有想象中那么美好，烦恼一点儿没少，还多了一个时常买不到烟的烦恼。

悟空捋了捋脑袋，手上一层掉下来的猴毛。

"烦啊，烦得天天掉毛。这要是头秃了，不知道秃头的美猴王大家还认不认。唉，烦！实在不行戴假发呗，小事，都是小事。"悟空一边安慰自己，一边走到濯垢泉外的大花园，找了个假山上的凉亭，蹲在凉亭的美人靠上掏出烟盒。

作为猴子，他本能地喜欢盘在高的地方。其实高的地方抽烟很不爽，因为小风一吹烟烧得太快，根本抽不到什么。不过那么容易改的话也就不叫本能了。

悟空蹲在凉亭里，趁着一点风没有，抓紧点了根烟。刚抽了三分之一,有人从假山下面上来了,悟空一看,是蜘蛛精里的七妹,朱粉蕊。

"哎呀,是大圣啊,你也躲这里抽烟啊。"朱粉蕊笑眯眯地说,似乎颇有点遇到同道中人的感觉。

悟空瞥了她一眼没说话。

朱粉蕊坐到悟空对面,在粉色纱裙下面掏了一会儿,居然也掏出来一包烟。悟空搭眼一瞧,竟是一百块一包的"金东江"。朱粉蕊老练地从烟盒里抽出来一根,叼在嘴上,然后在纱裙里掏了几下,又在身上摸了摸,最后不好意思地问悟空:"大圣,你带火了吗?"

悟空没理她。于是朱粉蕊从她一百块一包的金东江里抽出一根递给悟空,又问了一次:"大圣,你带火了吗?"

悟空愣了愣,把烟接了过来,然后把自己的塑料打火机递给朱粉蕊。

有的女人抽烟很美,很讲究姿态,与其说抽烟,不如说多了个道具摆姿势。但是朱粉蕊不一样,这小丫头明明是非常漂亮的少女外貌,却歪头眯眼,打开打火机把烟点着,抽了一口,然后噗的一声吐出来,俨然一副中年老烟鬼的姿态。

朱粉蕊抽了一口后,把手上的香烟盒往纱裙里面装。

"哎,哎!"悟空提醒朱粉蕊。

朱粉蕊看着悟空,不明白啥情况,她愣了愣,说:"只能给你一根!自从发现我学会抽烟后,姐姐们管我的钱管得可狠了,我一包烟得抽三五天呢。"

悟空叹口气说:"打火机!"

"哦,哦。"朱粉蕊把打火机递给了悟空,悟空接过,塞到虎皮裙里,心想:"我最恨顺打火机的烟鬼了。"

朱粉蕊坐在凉亭的美人靠上,悟空蹲在她对面。

"哎,大圣啊,你怎么蹲在上面啊,我们都是坐的,后面人坐不脏吗?"朱粉蕊说。

悟空翻了个大白眼给她。

"大圣,你师父也不让你抽烟啊?我也是!我姐姐们烦死了。人类抽烟那是花钱作死,咱们妖怪怕个啥?但她们就是不让。你不知道,可烦了。等会儿抽完,我还得在外面逛半天才能回去,不然姐姐们闻到烟味又要说半天,她们的鼻子特别灵。"

悟空依旧不理她。

"哎,大圣,说实话,我第一眼看到你可失望了。在我心目中,你应该是那种脚踩七彩祥云、身披金甲的大英雄,可是你看你现在,不是我说啊,你的虎皮裙毛都快掉光了,而且你头上的毛好像也特别稀疏,是不是脱发了?而且……"

朱粉蕊闭嘴了,因为悟空冷冷地瞪着她。朱粉蕊有点害怕,抽了口烟,转头看向亭子外面,装作无事发生。

"总算消停了。"悟空心想。他看看手上的烟,还有一小截,扔了太可惜,想着抽完赶紧走,结果抽了几口后朱粉蕊又来了。

"哎,大圣你有没有看过《大话西游》啊?"

悟空摇摇头。

"我告诉你啊,里面也有个孙悟空,可惨了。那个紫霞仙子喜欢他,他以为自己喜欢白骨精,后来紫霞为他死了。那个片子里有句台词可感人了,是紫霞说的,她说:'我的意中人是个盖世英雄,有一天他会在一个万众瞩目的情况下出现,身披金甲圣衣,脚踏七彩祥云来娶我!'可惜,她猜着了开头,没有猜到结尾。"

悟空觉得自己一个头两个大。紫霞是谁？为什么自己要以为自己喜欢白骨精？那个王八蛋害自己被师父念了紧箍咒，还被赶回了花果山。要是再来一次，不要说喜欢了，老子一寸一寸骨头都给她碾碎了……

想着想着，悟空突然心里咯噔一下，这莫不是哪一次取经过程里发生的？自己真喜欢过白骨精？我的天爷，佛祖对我们做了什么？悟空觉得自己的人生观都要被扭曲了。

朱粉蕊见悟空脸色不太对，赶紧说："哎呀，大圣，不管你现在什么样，你永远都是我们妖怪的偶像。像我姐姐她们，小时候最喜欢给我讲你大闹天宫的故事了，说一个妖怪连天都能捅了，简直太厉害了……"

朱粉蕊见悟空表情都有点扭曲，更害怕了，慌里慌张地说："我抽好了，我先走了，大圣你慢慢抽。"然后生怕跑得慢了被悟空打似的，把粉纱裙抱起来，快步跑下了假山。结果她才下去就遇到了一个姐姐，就听见那个姐姐训斥道："朱粉蕊！你怎么回事，你又抽烟了？"

"我没……"

"你一身烟味儿，还想撒谎？"

"那，那不是我抽烟，那是大圣在上面亭子抽烟……"

这现场甩锅，听得悟空一愣一愣的。

"大圣在上面？"

"你别上去。刚才我跟大圣说《大话西游》，大圣脸色可难看了。我估计《大话西游》是真的，他肯定是想起来紫霞了。我们赶紧走，我看他好像要打人！"

- 155 -

悟空一口烟呛在肺里,咳嗽了半天才缓过来。这小姑娘,莫不是抽烟抽坏脑子了……

第十三章

帮手

小白龙一觉睡到午后，看看时间已经四点多了。他看了眼手机，没有短消息，没有未接来电，也没有未读微信，看来那个小八到现在也没来。小白龙放下了心，爬起身洗了把脸。及春院里一个人也没有，这有点奇怪，于是他四下找了找，发现院里四个暮雨小娘在偏房围成一圈打麻将，管家坐在边上玩手机。小娘们打麻将都打得小心翼翼的，摸一张牌，轻轻地放在桌上，然后小声报牌"三饼"——估计是怕吵到自己。小白龙笑笑，没惊动她们，自己轻声带上门，准备出门转转，然后去柳新院吃晚饭。

每个院子都包饭，但一来，老是自己一个人吃没意思；二来，柳新院的晚饭比自己院子里的好吃，估计是有求于人，给三藏做了特供。

出了院门，拐了两拐，小白龙爬上后山，想去看看风景。"你们自己找的人都没来，就怪不得公子我偷懒啦。"小白龙挺开心的。

濯垢泉的后山比较原始，爬山的楼梯都是因陋就简，用碎砖和石头砌起来的。但后山的半山腰修建了一个还不错的观景台，从观景台上可以远眺花石桥镇。

爬到观景台已经五点出头了，夜色靠晚，天边一片火烧云，微微呈现弧形的天幕上各种各样的红争奇斗艳，有的被镶上了一道金边，有的似一大块形状不规则烧得通红的火炭。

小白龙没来由地想起那横跨整个天空、由光组成的巨大身躯，那么有韵律地扭动着，聚散无常，忽隐忽现，忽粗忽细，不见首尾……晚霞尽管绚烂，但总没有应龙在天那么震撼人心。

"公子有没有想好，要不要我做你的暮雨小娘？"身后突然有人问。

小白龙一回头，看见昨天上午见过的、一身绿衣的春风小娘阿娇站在后面，手上拎着一个篮子，笑嘻嘻地看着自己，火烧云给她镀上了一层金色。

小白龙笑了笑，说："那就在这里吧。"

阿娇愣了一下，然后反应过来，"啊"了一声，明显有些慌乱。她慌张地往四周看了看，脸红得像天边的火烧云。

小白龙觉得好笑，这小姑娘就喜欢撩他，自己被撩了又比哪个都害臊。他笑嘻嘻地说："公子我就喜欢野外这个调调。"

"公子，这荒郊野岭，如何使得？"

"怎么使不得？我告诉你，野外可是别有风味哦。"小白龙有意摆出了登徒子的嘴脸。

"不行，这不行，我不同意，我会反抗的，那样岂不是败了公子的兴？我还是帮公子叫个暮雨小娘来吧。"

小白龙笑嘻嘻地说："哎，这倒巧了，本公子不喜欢暮雨小娘，就是因为她们百依百顺，一点意思没有，我就喜欢霸王硬上弓。"

阿娇明显慌了，又看了看四周，绝望地发现没人来，然后转头对小白龙说："春风小娘不行的，你，你霸王硬上弓，要赔很多很多钱，不值得……"

"本公子会在乎这点钱吗？"小白龙笑眯眯地看着阿娇。

阿娇的脸色一下就白了，眼睛里面突然就蒙上了一层雾，然后眼泪就大滴大滴地往下掉。

小白龙知道过火了,赶紧说:"怎么,就许你跟本公子开玩笑,就不许我跟你开玩笑了。"

阿娇这才长舒了一口气,破涕为笑,擦了擦眼睛,捂着胸口说:"没想到公子看上去温文尔雅,却这么坏。"

小白龙心想:这么坏?我当年的手段还没拿出来呢。

阿娇提起篮子,走到小白龙身边,跟他一起看天边的火烧云。

"怎么一个人跑到这后山来?"

"美食家先生被大先生挖走了,娘娘们这几天都因为这件事急得没了胃口,我准备来后山挖些野菜,明天给娘娘们做点清淡鲜美的小菜,开开胃。"

"只有大娘娘、三娘娘,还有管厨房的四娘娘没胃口吧,我看其他几个,特别是最小的那个,好得很呢。"

阿娇笑笑,没接这茬:"嗯,这几位具体负责事务的娘娘最不容易。这濯垢泉里来来往往,很多人或妖我们都得罪不起,很多时候都得靠娘娘们周旋,我看着都累。"

小白龙点了点头,然后说道:"我看你年纪也不算小,你进来的时候,应该已经知道这濯垢泉的人活不过四十岁的事儿了吧?"

阿娇愣了一下,神色有些黯然,然后说:"知道啊,院里三十五岁以下的人基本上都是知道后才进来的。"

"既然已经知道了,为什么还要来呢?"

"穷呗,不然还能怎么办。"

"穷?穷怎么还只做春风小娘,不做暮雨小娘,连命都不在乎却……"

阿娇沉默了一会儿说:"这里就这样,家里有长得俊的姑娘小伙,差不多岁数就想方设法送到濯垢泉来。家里人多,牺牲一个,其他人才能有更好的生活。"顿了顿,阿娇开始回答小白龙的第二个问题,"以前我有个青梅竹马,不甘心这样的安排,十二三岁的时候就离家出去闯荡。本来我跟他约好,我也不进濯垢泉,就等他回来,但左等也不见,右等也不见。家里六七口,日子过得难,周边人家有儿女长得好的,到了时候都进了濯垢泉,那日子噌的一下就红火起来了。尽管我父母、兄弟姐妹们什么都没说,但我也实在待不下去了。进来前,我跟家里约定好了,只做春风小娘,不做暮雨小娘,我还是想等他,我想再等等他应该就回来了。从小他就特别聪明,到时候他肯定会带很多钱回来。尽管我四十岁就会死,但也有那么十几二十年的好日子可以过。到时候我跟大娘娘商量商量,哪怕把这么些年濯垢泉在我身上花的钱都还回去,也换个几年自由身。你别看大娘娘在外人面前强势,其实心地很好。"

小白龙沉默了一会儿,然后长长叹了口气,说:"那我提前祝阿娇姑娘夫妻生活幸福美满。"

阿娇瞥了他一眼:"你这个人还真会说话。别人都说我这是痴人说梦,我自己也明白,这就是我的一个念想,说不定明天我就来找公子,要做那暮雨小娘了呢。"

"哦,那欢迎之至,阿娇姑娘可是清倌人啊,本公子一定包一个大红包!"

阿娇狠狠捶了小白龙一下:"要死了!你这人,一说就没羞没臊的。好了,不跟你唠叨了,你们都是富贵清闲人,我还要趁着天光赶紧去挖野菜呢。"说完,阿娇就转身继续顺着石阶上山去了。

小白龙的视线跟着阿娇婀娜的背影,直到那背影消失在台阶上。他叹了口气,又回头远远眺望花石桥镇,似乎看见人来人往,市井繁华,皆是不易。

手机突然响了起来,小白龙一看来电显示,是大师兄。

"师弟,快来柳新院,出事了。"电话里背景音乱糟糟的,悟空说完就挂了。

小白龙直接从半山腰跳下去,二三十秒就到了柳新院。师兄弟们都在,师父也在,此外朱绿蕉、朱红衣和朱紫璃也都在。

"怎么回事啊?"小白龙问。

"那个什么小八出事了。"悟空说。

这时,小白龙才注意到朱绿蕉眼睛红红的,似乎刚哭过。她手上拿着那块平安珏,和上午看到的晶莹剔透不一样,现在变得一片惨白。

"我午觉后就觉得平安珏的颜色不太对,又说不上哪里不对,结果大概十分钟前,平安珏突然就变成这样了,我吓得赶紧去找大姐和三姐,她们也不知道该怎么办,只能来找你们了……"朱绿蕉看见小白龙,带着哭腔对小白龙说。

"五妹你先别急。"朱红衣劝道。

"你老说这个也没用啊,你得告诉我们这个小八他在哪里,我们才好去帮忙,不然别说我老猪有力没处使,就是大师兄有力也没处使啊。"八戒说。

"现在不就是不知道他在哪里才着急嘛。"朱紫璃说。

八戒双手一摊,表示他也没办法。

"八戒,你一边去,别添乱。"三藏说。

"好，好，好——"最后一个字八戒还拉长了声调，表达自己的不满，"我到一边去。我倒要看看，我到一边去，你们有什么办法。"

听到这话，朱绿蕉呜呜地哭了起来。三藏怒目瞪着八戒，八戒低下头，挠了挠脑袋，乖乖地到一边去了。

小白龙摇了摇头，对朱绿蕉说："绿蕉姑娘你先别急，你先告诉我，小八的电话能打通吗？"

朱绿蕉一边摇头，一边说："我电话就没停过，基本上十几二十分钟就要打一次，一次也没有打通。"

"那他有没有说过，他来之前要了结的那件事情是什么？你早晨提过的，说他手头有个事要了结，然后才能到我们这里。"小白龙继续问道。

朱绿蕉又摇了摇头："我没问过，小八他在我面前一般不怎么说话，有事打电话也不会多说什么。闲聊的话，最多在微信上聊一聊，都是吃了吗、睡了吗、多喝热水之类的。"

曾经的花花公子小白龙在心里翻了个白眼。

"我倒是听小八提过，说什么他最近在跟一个大案子，说最近镇上出现了好几家专门卖人肉的地下黑店……"朱紫璃在边上说。

跟小情人没话，跟大姨姐话倒挺多的。小白龙心里又想。

"会不会是那个什么大先生？我听大师兄回来说过，不是他要在这里卖人肉吗？"沙僧问道。

"不会。"朱红衣否认道，"大先生不会开黑店的，他不会搞这种偷偷摸摸的小动作。"

"最近地面上是不是有点不太平？你们有没有察觉到有什么

新的势力到这里来了？"悟空问。

"最近因为大先生要把总部搬过来，所以确实有些混乱，但我们没觉察到什么不同寻常的势力。以前有些不开眼的妖怪到这里为非作歹，被我们发现后，迅速就被铲除了。这次小八说有卖人肉的黑店，我以为又是不开眼的小妖怪，也准备等他查明后出手呢。小八的实力我知道，厉害算不上，但逃命的功夫可能比我们都厉害，没道理遇到生命危险啊。"朱紫璃说。

"会不会是……"沙僧刚想再说出一个猜想，突然边上有人打断他，大声喊了好几句："哎！哎！"大家一看，是刚刚到一边去的八戒。

"干什么！"三藏、悟空、沙僧、小白龙，甚至连朱紫璃都不由自主地严厉起来，都有几分火气。

八戒委屈地摸了摸鼻子，然后说："哎，你们看一下啊，那个什么宝石，颜色又变了。"

大家齐齐转头去看朱绿蕉手上的平安珠，只见平安珠的颜色又变回晶莹剔透了。

朱绿蕉拍了拍胸口，连声说："太好了，太好了，我就知道小八不会有危险的。"

"哎，这是我的功劳啊，都说当局者迷，旁观者清，不是我你们就着急去吧。"八戒在边上表功。

"你能不能闭嘴，不说话没人当你是哑巴！"三藏实在看不下去了。

"哼！宝石变色的时候，我就不该说话，让你们急……"八戒还想说，却突然住嘴了，因为他看见三藏嘴巴动个不停，估计在念经。这是念紧箍咒念多了养成的习惯，一旦真生气了他就会念经。

"师父，你气归气，可别念错经啊，我可没惹你。你要是念成紧箍咒了，就算你是师父，我也跟你没完。"悟空在边上打预防针。

"知道知道……"三藏觉得自己的脸在几位女施主面前算是丢干净了。

这边正闹着呢，有小娘跑进来说："娘娘，小八到了，正在来柳新院的路上。"

第十四章

吃人的生意

小八人还没进门,声音就跟连珠炮似的打了进来:"这次真险啊,追了两天两夜,要不是我逃命的本事还凑合,估计就栽在里面了。濯垢泉居然有这样的妖怪,实在太不可思议了,等我揭露出来,估计能写十万字的连载纪实报告。然后我就发到我公众号上,每天只发五千字,连发一个半月,四十五天,天天十万加(阅读量),粉丝数估计就涨疯了。可惜手机被收走了,如果能拍点视频,那更不得了……"

他数学好像不太好的样子,十万字,一天五千,二十天就发完了,哪来一个半月?

门被推开了,进来一个瘦高个年轻人,白衬衫黑西装,衣服款式非常正式,只不过被他穿得邋里邋遢。倒也不是特别脏,只是西装袖子挽着,衬衫下摆一角露在腰带外面,一副黑框眼镜后面两个眼珠滴溜溜乱转。

他进来后一眼看见朱紫璃,嘴里的话就无缝转向了这里。"话又说回来了……哎,三姐,你在啊,你怎么在这里?"说完,他又看见朱红衣,"哎呀,大姐也在啊,今天怎么这么隆重,大姐三姐都在,什么情况?哦,我都忘了,绿蕉说,让我跟西天取经的圣僧还有他徒弟大圣爷爷他们一起查濯垢泉的那事儿,这个事情是要隆重一点,毕竟濯垢泉是我们本地的根基所在嘛……哎呀！这，这，这不是大圣爷爷吗？！大圣爷爷，你听我说，你一定要跟我合个影，然后给我签个名，我是听你的故事长大的……哎呀，我的天，圣僧！圣僧爷爷啊，都说吃您一口肉，能长生不老，是不是真的啊……"

小八的话头转了好几次，莫名其妙转到唐僧肉上来了，悟空、沙僧、八戒和小白龙顿时都警觉起来。

"不过要我说，是不是真的都不重要，因为想吃您的妖怪那都是脑子有屎，您老人家有佛祖罩着，您老的肉被妖怪吃了，佛祖不要面子的啊？哎呀，活的猪八戒！活的沙僧！活的……这是哪位啊？"小八看到了小白龙，一时没反应过来，毕竟取经团队里，小白龙大部分时候是以白龙马的形象出现的。他转头问朱紫璃，却不等她回话，立刻就自己回答了："别别别，你别说，让我推理一下，推理一下……哎呀，我知道了，这是马！"

小白龙一听肺差点气炸了，老子堂堂西海龙王三太子，到你这里就剩一个"马"？

"好吧，各位大神，你们准备从哪里下手，我是……"滔滔不绝的小八突然卡壳了，"我是，我是……绿蕉，你也在啊。"

"为什么不接我电话？"

"那个吃人肉的黑店，一进去就把电话收走了……"

"那你出来后，不知道打个电话给我吗？"

"我在黑店被妖怪认出来了，好不容易才逃出来，然后就马不停蹄地逃，好几次差点就'挂'了，实在没时间打电话。"

"为什么不直接过来？"

"对方太厉害，我怕给濯垢泉引来祸事。后来实在是跑不掉，才想起大圣爷爷他们在，应该能吓住对方，这才赶过来的。"

"以后这种危险的事情不要做！"

"好。"

然后一屋子人都沉默了，就好像一万响的鞭炮，噼里啪啦炸完后陷入一阵突然的沉静。

朱绿蕉脸突然红了，说了句："以后濯垢泉要找你帮忙的事情多呢，你别老做危险的事。"

"嗯。"

朱绿蕉的脸更红了："你们商量大事，我先走了。"说完逃也似的跑出门去了。

朱红衣叹了口气。这两人都不承认喜欢对方，但小八这个话痨一到朱绿蕉面前立马哑火，而朱绿蕉平时柔柔弱弱，大气都不出一个的，到了小八面前却凶得跟母老虎似的。更让人哭笑不得的是，他们还以为别人都不知道。

"各位大神，我们准备从哪里入手……"小八等朱绿蕉彻底走远了，眼看着又要恢复连珠炮模式，小白龙打断了他。

"你先别急，先听我说。你现在，连出濯垢泉都不敢吧？"

小八连连点头。

"这样，你带我和大师兄先去把黑店给铲除了，然后我们再忙濯垢泉的事情，这样比较稳妥。另外，我叫敖烈，是西海龙王三太子，不是什么马！"小白龙黑着脸说。

"哈哈哈，那是那是，敖烈爷爷，就按您说的做。我这不是一时嘴快吗，您跟我处久了就知道了，我这个人就是嘴比脑子快，脑子里还没搞明白嘴巴就说出去了。抱歉抱歉，非常正式地抱歉。"

估计朱绿蕉走得很远了，气场压制彻底消失，小八的连珠炮模式再也没人拦得住了。

"废话不要多说了，马上去。"小白龙说。

"敖烈爷爷，您缓一缓，缓一缓，我两天没吃饭、没喝水、没睡觉、没上厕所了，睡觉就算了，您至少让我先把另外几项紧急的处理一下啊。"

小白龙翻了个白眼，饿了两天还这么多话，这要是吃饱喝足了得多可怕。

朱紫璃立刻安排厨房送饭过来，估计也是想尽快堵住小八的那张嘴。

小八一边嘴里跑着火车，一边找厕所去方便了。进了厕所，还有滔滔不绝的话隔着厕所门传出来。

小白龙头疼，悟空也头疼，八戒在边上嘿嘿笑。

"让小八跟我们一起查没问题，今天就算了，但后面最好朱绿蕉姑娘也一起跟着。"小白龙对朱紫璃说。

"好，没问题。"朱紫璃也乐意给这一对儿创造点机会。

十五分钟后小八吃饱喝足，又睡了十五分钟，然后他看看表，已经下午五点半了。"嗯，快了，他们每天晚上开张，我们去抓他们！"说完后，他精神饱满地带着小白龙和悟空出门了，一边走一边得意地大笑，"老子又回来了！你们这些王八蛋，这次该我追杀你们啦！"

卖人肉的黑店位于花石桥镇南面一个看上去像是伐木场的地方。

"就在这里！"小八指了指"伐木场"破破烂烂的大门。

"伐木场"的大门是两片破木板搭起来的，但是门上却绕了粗粗的铁链子，还上了把大锁，四周的墙壁用带刺的铁丝网围了起来。

小八轻轻一跳就越过了铁丝围墙,悟空和小白龙也都跟上。

"咱们悄悄地进去,争取把里面那些王八蛋一网打尽。"小八悄悄说,悟空和小白龙都跟着点头。

"伐木场"里黑咕隆咚,院里堆着烂木头、木屑、坏掉的电锯、生锈的锯木机,到处长着半人高的杂草,一条碎石子小路从中间延伸,踩在上面发出石子摩擦的声音。

"饭店开在这里面?"小白龙靠近小八问。

"怕被人发现。前面有一排工人的宿舍,到那儿就亮堂了。工人宿舍被他们改成了厨房和关人的监狱,宿舍前面有一大片空地,他们在那儿摆了大圆桌和板凳,做成了露天大排档样式,这里的特色是现杀现吃……"

"我×!"小白龙骂了句脏话。这么大规模吃人,在人间界多少年没见过了。

然而让人失望的是,过了那排工人宿舍,四下依旧黑乎乎、静悄悄的。

"啥情况?"小八也顾不上保持安静了,冲到一间宿舍里面捣鼓了一会儿,接着宿舍外广场上的大功率灯都亮了起来。

一片狼藉。

桌椅都倒在地上,到处扔的都是垃圾,废纸、没用过的纸巾盒、一次性筷子、散装啤酒,扎啤机和可乐机也倒在地上,淌着各种脏水。一排宿舍里有六七间被改成了牢房,用铁栅栏围着,但这会儿铁栅栏门都大开着。小白龙靠近牢房看了一眼,一股恶臭依旧遗留在牢房里,扑鼻而来。小白龙赶紧捂住鼻子,站远了一点。

"都跑路了!"小八气呼呼地说,"我不应该休息的,应该立刻就来，这事怪我。"说完他指着牢房，"人就关在这里，食客站在外面，看中哪个就点哪个，点中了的被拖出来就地杀了，然后做成各种菜。一人一价，现场点现场报价。据说最多的时候，一间牢房要塞十几个人，五间牢房，一天就六七十人。"

"我×。"悟空也被这种做法吓着了。

在牢房不远处有一个大水池，水池边上有一个水泥台。水池应该被冲洗过，但边角缝隙里依旧有可疑的黑色，而水泥台估计是根本洗不干净了，全是黑色的。

"挑出来人就在这里杀，然后现场分割处理，直接送到妖怪食客的桌上，说是就要吃这个新鲜，最好肉上桌的时候还在跳。"小八在边上介绍。

"搞了多长时间？"悟空问。

"据说去年就开始搞了，今年才搞一两个月。大排档么，都是天热了才开业。"小八说。

"吃了这么久你们都没发现？"小白龙问。

"被吃的基本上没有灌垢泉周围五村一镇的，全部是外面抓来的，做得非常隐蔽。食客也都是外地慕名前来的妖怪。抓人和做宣传全部都在外面，可以说只借了我们一个地方，因为我们这里本身妖怪和人类混杂，妖怪来来往往也不会引起注意。"

"那你怎么知道的？"

"我一个外地的妖怪朋友，有个客户巴结他，说要请他吃点不一样的，就把他带来了，结果来了一看，吓了一跳。他原话是'差点吓尿裤子'。也没点人，吃了点别的就赶紧走了。回去后，他想起来那些关在牢房里的人，于心不忍，所以偷偷告诉我了。"

"你这妖怪朋友挺有意思。"

- 173 -

"哈哈，他是有意思。你们不知道，现在外面妖怪有个组织，叫人类保护协会，他还是副会长呢。他成精很早，一直都在人类社会里混，现在做生意做得很大。不过很多妖怪都说他忘本，因为他是只虎精。"小八笑嘻嘻地说。

"虎精至于吓得差点尿裤子？"小白龙问。

"人家现在不是文明了吗，住酒店必须五星级，咖啡只喝手冲；爆米花电影都不看，要看歌剧；流行音乐不听，要听交响乐。他想方设法地要和以前茹毛饮血的形象划清界限，那个客户把他带这里来，他不吓尿，怎么表现自己已经是文明妖了？估计那个客户的生意别想做了，他不和野蛮的妖怪做生意，这是他的信条。哈哈哈。"小八笑起来了，不过笑了两声又开始发愁，因为线索断了，再想找他们就更难了。

"现在还有这种妖怪……"悟空在边上喃喃自语。

"完蛋，线索彻底断了。这些王八蛋，动作真快。"小八气呼呼地踢翻了脚边的垃圾篓，里面掉出来一只人手。

远处突然传来汽车发动机的声音，小八的耳朵动了动，然后和悟空、小白龙对望了一眼。

"有人来了，快，抓住他！"悟空话没说完，已经蹿出去了。小八也跟着出去了，小白龙差点没追上，这小八速度真的快！

小白龙跑到一半就听见外面一声巨响，等跑到外面时，看见一辆越野车侧翻在地，汽车一侧都被打凹进去了，看起来是被悟空抽了一棒子。

"看到老子出来还想掉头跑？！"

悟空一边说，一边跳到越野车上，一伸手就把车门拽下来了，然后从里面拖出来一个肥头大耳、挺着肚子的中年男人。男人大叫着:"我是妖怪啊,我是妖怪啊,我全家都是妖怪。"喊完后,他似乎怕大圣不信,赶紧现了形,原来是一只巨大的貉精。随后从车子里又钻出来一个中年妇女,带着三四个小孩。

"我们真是妖怪,我们是客人啊!"中年妇女带着哭腔喊道。

"给我变回去回话。"悟空抖了抖手上的大貉精。

大貉精又变成胖男人,哭哭啼啼地说:"我们是来消费的啊。"

"消费什么?来吃人?"悟空没好气地说。

大貉精似乎听出来悟空的语气不对,不敢再解释,呆呆地看着悟空。

"看到我为什么要跑?"悟空问。

"大妖,你冲出来的气势太吓人了,我都要被你吓死了……"大貉精苦着脸说。

"废话,大圣的气势不吓人,哪个的气势吓人?"小八在边上说。

"大圣?什么大圣?"大貉精问。

"还有哪个大圣,齐天大圣!"小八得意地狐假虎威道。

"哎呀,是大圣爷爷啊,大圣爷爷也来消费……"说到这里大貉精自己也觉得不对了,赶紧改口,"不是,大圣爷爷怎么到这里来了?"

"你别问我,我问你,做什么来的?"

"来吃饭。"

"吃人?"

"什么吃人?我不知道啊。"大貉精再迟钝现在也知道事情不对了。

"不是吃人,你跑到这鸟不生蛋的地方来吃饭?你是想一家

- 175 -

人整整齐齐地都死在这里是不是？"

"啊，大圣啊，您不能啊……"大貉精顿时就哭喊起来，边上的女人和小孩也都哭起来。

"哎，你不是张大胯子吗？"伐木场外面黑咕隆咚，小八借着工人宿舍那边照过来的一点光线，好不容易看清楚了来人的脸。

大貉精愣了一下，左看右看，也认出了小八，立刻就向小八哭喊起来："小八！你是小八！小八啊，你救救你大哥啊，千万别让大圣杀我全家啊。那年你报社装修我可没赚你钱，还帮你省了不少，你可不能忘了啊……"

"不是，你实话告诉我，为什么来这里？"悟空打断了他。

大貉精立马把嘴闭上了。

"呜呜呜，都怪我……"边上一个小孩突然哭了起来。

"小三子，你闭嘴！"大貉精立刻对着小孩横眉怒目。

悟空把大貉精一顿摇晃，一边摇一边说："你想死，是不是、是不是、是不是……"摇得大貉精两眼翻白，口吐白沫。

"都怪我，都怪我，呜呜呜，"那个小孩赶紧说，"你别打我爸爸了，我说，我说。都怪我，是我在书上看到，说以前妖怪都是吃人的，我就想尝尝人肉是什么味道。本来爸爸他嫌贵根本不想来，我就说要是我考试考两个一百分就带我来。结果我这次考了两个一百分，我爸爸没办法，就带我来了……"

悟空和小白龙不知道该说什么好。

"你想吃人肉，为什么不吃你的同学和老师啊？"小八在边上问。

"他们是我同学，是我老师！同学、老师怎么吃？"小孩理所当然地说。

"那你们要去吃的人也都是别人的同学、别人的老师啊！气死我了，我不管，我明天就去把你同学和老师都吃掉！"

"不要吃我同学，不要吃我老师，你这个坏妖怪！"小孩大哭起来。

"那你吃别人的同学，吃别人的老师，你是不是坏妖怪？"

小孩的哭喊立刻止住了。

"还要不要吃人肉了？"

小孩连连摇头。

小八瞪着悟空手上的张大胯子——这会儿他也缓过来了——说："你怎么教育的小孩，要什么就给什么？"

张大胯子嘴角还有白沫呢，就赶紧赔着笑说："这不是忙吗？"

"忙不是借口，小孩是国家的未来……"

小八还想继续说下去，悟空等不及了，问小八道："他们到底有没有吃过人？"

"没有，没有。"小八还没回答，大貘精和他一家忙不迭地否认。

小八知道，悟空这是动了杀心，要是真吃过人，这一家子估计都得交待在这里。

"张大胯子应该没吃过人，他是做装修的，做得老实，挣不到什么钱。他小孩不是说吗，稍微贵点的东西都不肯买，更别说吃人了。现在大家都知道人肉没牛肉好吃，又贵得离谱，这么不实在的东西，不是他家小孩逼，估计他怎么也不会花这个钱的。"

"哦。"悟空手一松，大貘精张大胯子掉在了地上。

张大胯子拍着胸脯缓了口气，然后理了理衣服，回过头，愁眉苦脸地看着自己被大圣一棍子打翻的越野车。

"怎么，想让大圣赔钱给你修车啊？"小八问。

"不敢不敢……我没教育好小孩，培养出来个熊孩子，我应该得这个教训，应该得这个教训……"

"我问你，你怎么知道这里的？"小八问。

悟空和小白龙急忙竖起耳朵。

张大胯子苦起了脸说："我也是没办法啊，小孩要吃人肉，这镇上的人肉哪是我这种收入能吃的。濯垢泉就不说了，一个亿一个人；马上要把总部搬过来的大先生也卖人，说是特别便宜，我一问，我去，还要一千多万两千万，还都不零卖。说实话，把我卖了也换不回一个人啊……"说到这里张大胯子有些心酸，"我就不明白了，都是爹妈养的，我们妖怪还辛辛苦苦修炼这么多年，为什么我们妖怪就不如人值钱……"

"说重点。"悟空冷冷地说，吓得大貉精全身一个激灵。

"没办法啊，我已经答应我家小孩了。我都愁死了，就到处打听，结果蔡包子告诉我，这里有个吃人的地方，价格超级便宜，说是四五千块钱就能买一个人，还能和别人合买。"

"这么便宜？"小白龙吓了一跳。

"肯定不是买来的，是抓来的，无本买卖，当然便宜。对了，是哪个蔡包子？"小八问。

"就是那个人牙。"

"住九曲河边又一村的那个，对吧？"

"是的，是的……"

悟空见有新线索了，一只手把越野车扶正了，然后对张大胯子说："滚吧。"

"好的好的，马上滚，立刻滚……"张大胯子忙不迭地把一家人又喊到破车里，车却一时发动不起来。张大胯子鼻尖上的汗珠一个劲儿地滴，终于颤颤巍巍地把车子发动起来，抖动着开远了。

小八摇了摇头，不知道该对这件事发表些什么看法，最后总结成一句对张大胯子的评价："这夯货……不过，我们总算找到新线索了。蔡包子我知道在哪里，我们马上去。"

第十五章

三个混混

螺蛳冲所在的深山里流出的溪水在花石桥镇外汇集成一条九曲河，河面还挺宽阔。离镇子两里外的河边，靠镇子的这边盖了一排五六层的陈旧楼房。在楼房对面，紧靠着河的是一排棚子和各种窝棚，棚子里有菜场、小吃摊，琳琅满目，而河边则堆满了生活垃圾——这里的名字就叫菜市。

小八带着悟空、小白龙找到这里的时候已经是晚上九点左右了，楼房和棚子中间的路上依旧人来人往，热闹非凡。夜市正在营业，小八带着悟空他们在里面挤来挤去，一直挤到一栋楼房的中段。在一个炸油条卖豆浆的摊子边上，明晃晃的节能灯下，有个瘦瘦高高、皮肤很白的年轻人，额头挺大，靠在油条摊的柱子上正和摊主说得高兴。这个年轻人行动和说话看上去都软绵绵的。

"蔡包子！"小八喊了一声，蔡包子回头看了两眼，看清楚是小八后突然掉头就跑。

"我去！"小八大喊一声，拔腿就追。因为人多，悟空和小白龙没敢使什么神通，也跟在后面追。

"到人少的地方再抓。"小白龙边追边喊。

蔡包子从街上一路逃着逃着就逃到楼房的背面去了。和街上的热闹不同，楼背面基本没人，乌漆墨黑的。没有了人流阻碍，小八和小白龙、悟空一个冲刺就追了上去。小八对着蔡包子的脑袋就是一巴掌，蔡包子吃痛叫了一声，也不跑了，抱着头就蹲在地上，嘴里不停地喊："别、别、别打头，会、会……会变笨的……"

小八对着蔡包子脑袋又是一巴掌，不过这次打到蔡包子抱着脑袋的手上了。

"别别别……别你个头啊，你看到我跑什么啊？"

蔡包子捂着脑袋，蹲在地上一声不吭，看来是准备当鸵鸟了。

小八把蔡包子拉起来，蔡包子还是抱着头，从胳肢窝下面惊恐地看着他们。

"知道我们找你啥事吗？"

"能、能、能猜到一点。"

"说！"

"镇、镇、镇外那个卖人肉的黑店……"

"脑子转得倒挺快的嘛。"小八说，"有什么要说的赶快说，遗漏一点儿我就刷你脑袋一千下，少一下我跟你姓，把你头都刷下来！"

蔡包子绝望地闭了闭眼睛，然后说："小八爷爷啊，不、不能说啊，我不能说啊！"他吓得都不怎么结巴了。随后他不停地看旁边的楼房，接着旁边楼房一楼的门被人推开，走出来一个挂着拐杖的老婆子，五六十岁的样子。蔡包子看见老婆子，像看见救星一样，立刻就喊："妈、妈、妈！"

小八和悟空还有小白龙都蒙了，他看起来都已经是三十岁左右的人了，闯了祸就跑回家找妈？

结果蔡包子的妈满脸怒容却是对着蔡包子的："你个小畜生，我早就让你别做那些事了，丧良心啊！"

- 183 -

"妈、妈,你、你不知道,能、能赚大钱……"

老婆子举起拐杖就打蔡包子的腿,打得蔡包子跳个不停。然后老婆子对小八说:"你们刚才说的话我听见了,这个作孽的居然卖人肉,人肉是能卖的吗?!你要气死我啊!"老太婆说着说着,又转向蔡包子,举着拐杖打去,打得蔡包子连蹦带跳。打了一会儿,又转过头来对小八说:"你放心,我就是打死我这不争气的儿子,也要让他告诉你,让你们把这店端了。"

她转过身对着蔡包子吼道:"你快说!有什么不能说的!"

"妈、妈啊……"蔡包子哭喊道,"真、真、真不能说啊……说了,会、会、会死的。"

"你说!他们要来,就让他们冲我老婆子来!"蔡包子的妈顿着拐杖说。

"大娘您放心,我身边的这位是当年大闹天宫的齐天大圣,要有谁敢对你们下手,咱们就把他们全灭了!"小八说。

大娘看了悟空半天,说:"哎哟,大圣还是这么年轻啊,我还是小姑娘的时候就总听您的故事了。"然后又转头对蔡包子说,"有大圣撑腰你还怕什么?全说出来,让大圣去清理了他们,一个都不要漏,这些丧天良的!"

小八见蔡包子还是犹犹豫豫的,又跟了一句:"就算大圣以后走了,还有我小八在呢,我小八在这五村一镇还真没怕过谁。就算我搞不定,我跟濯垢泉的娘娘们也都是朋友,还有什么搞不定的?我把我电话给你,谁敢吓唬你,我给你出头!"

蔡包子迟疑地看了几眼小八,总算开口道:"那是去年,地雷和老巴子来找我,说要人,而且定期要人,不管什么人都要。我、我、我当时就觉得有点不对劲,以、以、以前卖人,主顾总要看看，根据需求要、要不同的人，有的要小姑娘，有的要小男孩儿。他、他、他那边古怪，主顾、主顾从来不看，只要没病，不是太老，什么人都要，就是价格给得特别低，好像、好像、像、像在菜场买菜。而且他们明说不要本地人，我就卖过一个给他们，感觉不对我就再、再也没理他们。后来去年夏天快结束的时候，我无意中得知有黑店在卖人肉，我就知道坏、坏、坏了……"

悟空和小白龙对视了一眼。

"地雷在哪里？"现在没时间追究他卖过一个人的事，小八急忙问道。

"他、他、他最近帮钱屠户分、分肉，现在，肯定在河边肉联厂那里……"

小八三人掉头就走。

"不、不、不要说是我说的啊。"蔡包子在身后绝望地喊，"地、地、地雷可、可凶啦！另外，你把你的电话给我啊……"

"等我找到地雷回来再给你。"小八回了一句。

钱屠户屠宰和分肉的仓库也在河边，离那条全是五六层楼房的街有点距离。这是一个满是血腥气的陈旧仓库，里面亮着一盏昏暗的白炽灯。仓库的污水、血水都直接排到河里，连垃圾、下水什么的都直接扔在河里，腐烂以后臭不可闻。小八带着悟空和小白龙，捂着鼻子，一边避开昏暗路面上的脏水洼，一边在一堆窝棚里面寻找，找了半天才找到这间仓库，这时已经快十点了。

小八在仓库门口探头探脑，瞧了半天，然后对悟空他们说："里面没人。"

悟空说："来都来了，进去看看吧。"

仓库不是太大，分了三间，一间屠宰，一间分割，还有一间是仓库，仓库里尤其臭。三人捏着鼻子走到最后一间分割间，看见一个黑黑壮壮、矮墩墩的中年男人在里面，正沉默地从一头吊在梁上的猪身上割肉。

"地雷！"小八开心地叫了一声，然后走了进去，"地雷，我找你有事儿啊。听说你有个主顾，最近从你这边定期买人，你能把那个主顾是谁告诉我吗？"

地雷继续沉默地分割着肉，理也不理他。

小白龙冲着小八，用手指了指耳朵，意思是问他这人是不是个聋子。小八摇了摇头，继续说："地雷，我最近发现你收的好多人后来都找不到了，这些人的父母亲人都急疯了，所以我来问问。人卖是卖了，但家人之间还是想偶尔见一见，这也是人之常情嘛……"

地雷继续沉默，但表情阴沉，剁骨头、分肉的动作也更用力了，明显对小八这么刨根问底很不高兴。

"地雷，我就挑明了吧，你那个渠道是不是妖怪把人买去吃了？是什么妖怪？他们在哪里？把人买去吃，说起来，只要你情我愿，钱给够了，我们这里也没什么人管。但你得跟人家说清楚啊，你说清楚有的人可能就不卖了，有的人要卖也不是现在的价啊。我知道，你说清楚可能就买不到几个人了，但这就是我们这里的规矩啊，虽然没有形成文字，但这是约定俗成的，从娘娘们修建灌垢泉时就是这个规矩……"

小八还在叽叽喳喳地说，地雷竟突然暴起发难，大喝一声："去你娘的！"挥起手上的剁骨刀就对着小八的头砍了下去。

悟空正好站在边上，本来就被这个地雷目中无人的态度气得七窍生烟，这时也来不及打招呼，对着地雷的头就是一个"冲天炮"。砰的一声，地雷被悟空一拳打在脸上，双脚离开地面好一截。小八和小白龙都听见了骨折的声音，然后地雷仰天躺倒，不动了。大家凑上前一看，地雷已经七窍流血，被悟空一拳打死了。

悟空伸脚踢了踢地雷的脸，郁闷道："怎么如此不经打？"

小八更郁闷，在边上说："大圣，你的一拳有几个小妖能受得了？"

"妖？"悟空好奇看去，果然，地雷死后，身体就现了原形，原来是只大耗子，有五六十斤重。

"这么大的耗子精！"悟空在衣服上擦了擦手，"早知道是耗子精我不用拳头打了，用金箍棒捅捅就算了……"

小八摇着头说："大圣啊，大圣啊，让我说什么好，线索又断了！"

悟空也有点不好意思。

"算了，"小八说，"我们马上去找老巴子吧，他也住附近。"

老巴子才十六七岁，皮肤黝黑，个子不高，中等身材，看上去很机灵。小八问完问题，他瞄了瞄小八身后的悟空和小白龙，说："我卖给地雷了。"

小八张了张嘴，却什么也没说出来，沉默了两三秒才说道："好吧！"

回濯垢泉的路上，小八失望得话都不说了，三个人沉默得有点尴尬。

"都怪我，下次我不插手了。"快到濯垢泉的时候悟空终于忍不住了。

为了安慰悟空，也为了掩盖自己的失望情绪，小八说："算了，明天再想办法。"小八顿了顿，"我刚才就在想地雷平时接触过哪些人和妖怪，已经想到好几个了，明天我打电话一个个排查。放心吧，这五村一镇没有我小八找不到的人！"

"那辛苦你了。"小白龙说。

"说啥呢，我还没感谢你们帮忙呢，没有你们在，我做事从来没这么顺利过。"小八笑嘻嘻地说，"今晚我就住濯垢泉了。濯垢泉的消夜味道可好了，对了，还有早饭，啧啧，想起来就流口水。我跟你们说，有一年冬天我在濯垢泉接待一个朋友，天寒地冻的，那个朋友突然想吃小龙虾。这大冬天的龙虾都冬眠了，到哪里去找？结果那个美食家先生说这还不容易吗，也不知道他用的什么办法，第二天中午就上了满满一大盆小龙虾，把我那个朋友开心坏了。还有一次……"

见小八恢复了连珠炮模式，小白龙和悟空都知道他这是真没事了。

第十六章

射乌山惨案

第二天早晨六点半，小白龙的电话就被打通了，一接起来果然是小八。

"三公子，三公子，是我，小八啊，你起了吗？"

"我刚起，怎么啦？"

"哎呀，你起了就好，我怕打扰你睡觉呢。我本来想给大圣打电话的，但我又怵他，他太吓人了，一拳就打死了地雷……"

"你过来吃早饭吧，边吃边讲。"小白龙还躺在床上，脑袋不太清醒，被小八这一顿语速极快的连珠炮搞得有点晕。

"我吃过啦，我五点就吃过了。我心里有事，睡不着，早晨起来我又去找蔡包子了，你猜怎么着？蔡包子吓坏了，见到我又是结巴又是哭，拉着我说了四十分钟，如果不是他太啰唆，我二十分钟前就给你打电话了。不过二十分钟前的话，我估计你肯定还没起……"

"他怎么了？"小白龙忍不住打断道。

"他知道地雷死了，他说他知道地雷特别凶，有可能会因为泄露消息打死他，但没想到我们真的说杀就杀。我又吓唬了他一下，说大圣一拳就打死了地雷，我估计他都吓尿了。然后他就说，他昨天还有些事情没告诉我，今天全告诉我，让我们千万不要再去找他了。"

"他还有什么消息？"小白龙追问。

"蔡包子知道地雷去年和他的一些同类联系上了，联系上后就开始收人，这黑店很可能就是他的这些同类开的。"

"一窝耗子精啊……"小白龙厌恶地皱了皱眉，"知道他这些同类在什么地方吗？"

"这个不知道，但一窝耗子精，总能找到线索的，我马上就去找。"

"危不危险？我们跟你一起去。耗子精有些奇怪的门道，很麻烦……"小白龙又皱了皱眉，"能力不高，但脏得厉害。"

"没事，我小八也不是白给的，打架不一定行，逃跑嘛，整个五村一镇，我排第二估计没人敢排第一。我也不冒险，我不进耗子洞，就找找线索，估计中午便能回来，然后带你们去宰了这窝耗子！"

"好，那我们等你消息，注意安全。"小白龙说。

"好嘞。"

小白龙对小八的观感还不错。心无城府，热情好客，一到那个朱绿蕉面前立马哑火，更是有点可爱——如果嘴不那么碎就更好了。

早晨蜘蛛精姐妹都没来，估计也是怕三藏师徒觉得她们催得太紧。早餐一吃完，悟空立刻自觉地拉着小白龙离开，说出去找线索。三藏对此很欣慰，觉得徒弟总算知道急人所急了。实际上出了院门小白龙和悟空就各自分开，小白龙去镇上逛，悟空准备找个地方继续睡觉。

一眨眼到了中午十一点多，悟空刚醒，正准备抽根烟电话就响了，是小白龙打过来的："小八这家伙又遇到危险了，刚给我打了个电话,只说让我们赶紧去救他,具体什么情况也没说清楚。快来,我们濯垢泉门口见。"

"这人到底行不行啊……"悟空一边嘀咕着,一边跳下盘丝岭,赶去濯垢泉。

两人一碰头,发现跟上次一样,小八的电话忙音,没人接。

"我讨厌这种情况。"悟空烦躁地说。

"可能还是得落在那个蔡包子身上。"小白龙说。

然后悟空和小白龙二话不说,又杀到九曲河又一村,很快就再次找到了蔡包子,看来这家伙平时活动半径也不大。蔡包子真吓尿了,但问出来的跟早晨小八说的一样:地雷去年和他的一些同类联系上了。这消息对小八有用,但对人生地不熟的小白龙和悟空一点用都没有,两人继续连吓带打,才又逼出一个新消息:地雷还常跟一个外号叫"草狗"的妖怪混在一起。

于是两人带着吓得四肢瘫软的蔡包子找到了草狗。这时都已经到下午一点了,离小八的求救电话已经过去了两小时,小白龙和悟空心急如焚。

草狗是个瘦子,比蔡包子还瘦还高,但没蔡包子白,小眼睛,大鼻子,长得獐头鼠目的。几人找到他的时候,他正在路边一个茶摊喝茶吹牛。这次悟空没敢出手,小白龙把他直接从一群吹牛的人里拎出来。其他人刚想动手,悟空一拳把茶摊外的一块大青石打得粉碎,所有人立刻又坐回去了。

草狗被拎到僻静处,一开始还强横得要死,结果小白龙轻轻两个巴掌,草狗就趴在了地上。悟空用火眼金睛瞄了一眼,后怕说:"我靠,不是妖怪,难怪这么弱,幸亏我没动手。"

小白龙乘机说:"地雷也就挨了你一拳,这个你动一根手指估计就死了。"

草狗被吓得全身发抖，跟瘫在一边的蔡包子抖到了一起。

"狗哥，他们昨天杀了地雷。前天他们来找我问地雷的事，第二天地雷就死了！狗哥，他们真杀人——真杀妖，也杀人！有什么快告诉他们，你别害我啊……"蔡包子吓得都不结巴了，一把鼻涕一把泪地劝草狗。

小白龙看草狗抖成一团，但就是不说话，又开始撸袖子。

"大爷！大爷！"草狗吓得大叫，"你们想知道什么，你们倒是问啊！你们不问，我哪知道你们想知道什么……"

小白龙一拍脑袋，是太急了，忘了这茬儿了。

"地雷平时跟什么人在一起？他经常去什么地方？"

"地雷……"草狗看了一眼蔡包子，"地雷平时接触比较多的人，我知道的就是我、蔡包子，还有个老巴子，其他的那些朋友我们就接触不到了。"怕小白龙不理解，草狗哆哆嗦嗦地又解释了一下，"就是他的那些妖怪朋友，我们接触不到……"

小白龙点了点头："他经常去什么地方？"

"他常去的是菜市……"见小白龙一脸失望，草狗努力回想，"他还常去他帮忙的地方，最近他在钱屠户那里帮忙。"

"这些地方我都说过啦！"蔡包子在边上哭得一塌糊涂，他觉得自己这次肯定活不了了。

草狗的表情像吃了屎一样难看，憋了半天说："地雷很闷，而且说发火就发火，发起火来就不管不问，手上抓到什么就用什么打人，所以他平时没什么朋友。"

悟空心里烦躁至极，这地方人生地不熟的，认识的人都没几个，这条线索眼看也要断了，事情又得陷入僵局。这种处处有力难使的感觉让他非常憋屈，于是他对小白龙说："打！要么打到问出线索，要么打死拉倒！"

蔡包子一听，哭得撕心裂肺，草狗在地上连爬带滚想跑，结果被小白龙上前一脚就踩住了。小白龙再次撸起袖子，刚要挥拳，草狗突然大叫。

"等等！等等，我想起来了！"

小白龙和悟空看着草狗，草狗却哑巴了，应该是怕挨打，能拖一刻就拖一刻。小白龙弯腰去抓草狗，另一只手准备挥拳。

"等等，等等，这次真想起来了，真想起来了……"

小白龙没理他，直接拎着草狗的衣服领子把他拎了起来。

"射乌山！地雷说过，他有时要去射乌山！"草狗大喊起来。

"对，对！"蔡包子也喊起来，"地雷确实说过。早前有一次喊他打麻将，他说他下午要去射乌山……"

小白龙把草狗扔在地上，直起腰看向悟空。

"两个都带着，去射乌山！"悟空说。

"大爷，你们自己去就行啦，带着我们是累赘啊！"草狗大喊起来。

小白龙理都没理，一手一个把两个家伙拎了起来，跟在悟空后面，腾云驾雾就上了天。两个家伙吓得尖叫。

射乌山离灌垢泉不是太远，这里有个村子，就叫射乌山村。村子不小，有一百多户人家。

尽管离灌垢泉不远，但因为村子深藏在山洼里，想进这个村要花很长时间，所以这个村和螺蛳冲差不多偏僻。村民们基本上自给自足，一年都难得见到几个陌生人，仅有的还都是来做生意的行商，用盐和一些村子无法自行生产的日用商品交换村里人打野物获得的皮毛和上山挖的草药。

悟空和小白龙飞到射鸟山村上空往下一瞧，瞬间大吃一惊。

小白龙问抓在手上的草狗和蔡包子："这村子以前就这样？"结果没听到回答，小白龙仔细一看，草狗和蔡包子这会儿都吓得紧闭眼睛，不敢往下看。

"睁开眼睛看看下面，如果不睁，我就把你们扔下去。"

草狗战战兢兢地睁开了眼睛，蔡包子一边哭一边也睁开了眼睛。两个人吓得全身直抖地看了一眼下面，然后又赶紧抬头。但就这一眼，两人连害怕都顾不上了，又都低头去看。

草狗叹道："怎么这样了？"

蔡包子用手擦了擦泪水直流的眼睛，擦得脸上黑一块白一块，然后低头看了又看，说："这、这、这是什么？"

第十七章

瘟疫

寒冬腊月，冻死老鳖。

老歪子哆哆嗦嗦地用一只手拉紧了狗皮袄子，另一只手用力拉住身后的麻袋，麻袋里面是满满一袋土豆。

老歪子还穿开裆裤时，有一次站在田埂上迎着风撒尿，有个邻居路过时看见了，就开玩笑说："这小子，把儿怎么是歪的啊？"然后他就一直被村里的人叫小歪子。四十多年过去了，小歪子也变成了老歪子。

把土豆拖出地窖后，老歪子回身把地窖的门关好，然后艰难地拖着这袋土豆回到自己四面漏风的破屋，把这袋土豆堆到墙角。射乌山村去年大旱，村民们就种了很多土豆，后来雨下得又稍微有点多，好在土豆那时已经都收获了，倒没有什么损失。现在村里大部分人家都靠土豆过日子。

老歪子哆哆嗦嗦地从房梁下解下拳头那么大的一块老腊肉。今天是他五十岁生日，除了他也没别人知道。这块老腊肉有些时候了，是他特意留给今天的。最近一个星期，他的心思时不时就会落到这块腊肉上。

老歪子把老腊肉放到砧板上，为切片还是切块犹豫了一会儿，最后决定还是切片。他拿起一把锈迹斑斑的菜刀，小心翼翼地把腊肉切薄片。

"切薄点可以多吃几口。"老歪子这么想。

切着切着，因为过于用力，口水从半张的嘴巴里滴了下来。老歪子赶紧伸手抹了把，然后四周看了看，还好，没别人。

"要死了，老馋老馋，真是越老越馋……"

钝刀艰难地切开老腊肉，腊肉独特的香气弥漫开来，老歪子有点受不了了，也不管薄厚，急匆匆地把腊肉都切好了，然后把那袋土豆拉了过来，倒在身前的篮子里。

土豆一倒下去就传来一阵吱吱的声音，而且老歪子还模模糊糊地看见自己的土豆在篮子里动来动去！老歪子凑近篮子一看，只见篮子里有二十多只老鼠，在土豆里挣扎翻滚着！

老歪子怕老鼠跑了，抓起身边的一个笋把篮子盖住，然后隔着笋眼往里细看。只见这二十多只老鼠在篮子里面左冲右突，但一只都跑不远。看了半天老歪子才发现，这些老鼠的尾巴都是缠在一起的，在身后打了一个巨大的结，相互牵扯着，任凭它们怎么跑都跑不掉。

这诡异的一幕吓了老歪子一跳。他愣了一会儿，找了根棍子，又找了个面口袋，挑着这些老鼠的尾巴，把二十多只老鼠挑了出来，然后把这二十多只尾巴缠在一起、张牙舞爪的老鼠都装到了面口袋里。

篮子里的土豆很多都被老鼠咬过了，还混杂了老鼠屎。老歪子无比心疼地把篮子放在一边，准备回来好好地把土豆挑一遍。

老歪子提着不断乱动的面口袋去了村长家。村长听着老歪子的描述，又从袋子口往里看了看，倒抽了口凉气，说："这不是好事啊，以前听老人说过，出现这种老鼠要遭灾！赶紧都打死，然后一把火烧掉，再埋掉。这事千万不要告诉别人。"

老歪子拎着口袋，跟村长悄悄到了村后的土坡上，用锄头把面口袋里的老鼠都砸死了，然后挖了一个坑，连着面口袋一起扔了下去。村长浇了些拖拉机用的柴油，点了把火，把二十多只尾巴缠在一起的老鼠都烧成了灰，最后填土掩埋。

然后老歪子回了家，吃了自己心心念念一个多星期的五十岁寿宴——腊肉炖土豆。只是吃的时候他完全没了过生日的心情，有的只是惶恐和不安。

接下来一个月，日子波澜不惊，依旧是猫冬、吃土豆，吃土豆、猫冬，转眼就要到二月了。

第一个发现情况不对的是村里的吴家老三。

吴家老三的老婆前天晚上捡了二十几斤豆子，老三凌晨两点多起床，准备做两锅豆腐到市场上卖。忙到四点多准备点卤了，一身大汗的他到门外想抽根烟，结果出门后，看见家门口的街道上，黑暗里似乎有很多东西在动。他回房拿了手电筒出来一照，顿时吓出一身冷汗——满街密密麻麻的黑老鼠！很多被照到的黑老鼠向他看了过来，在手电筒的光线下，这些黑老鼠的眼睛反着亮晶晶的光。

吴家老三吓得一步退回房里，一把把房门关得严严实实，把门闩也顶上去了，他听见自己的心脏咚咚直跳。豆腐他也没心思做了，就一直惊恐地守在大门后面，等到天边鱼肚白了，他才把门悄悄拉开了一点缝。街上什么都没有，似乎什么都没发生过，似乎昨晚只是他的一个梦。

这时他老婆的尖叫从房里传了出来。吴家老三吓得一个激灵，立马冲回房里。他老婆站在豆腐锅前，看见他后破口大骂："你死到哪里去了？这锅豆腐怎么回事？老娘昨晚给你捡了三四个小时的豆子，你是魂丢了，还是出去会骚货了？狐狸精勾了你还是……"

"闭嘴！"吴家老三对着他老婆大吼一声。

他老婆愣住了，吴家老三平时是一个很怕老婆的男人，重话都不会对她说一句，今天这是怎么了？

"你不知道，出大事了！我马上去村长家，你把门关好，我不叫你你不要开门。"吴家老三急急如丧家之犬，留下一脑门子疑惑的老婆，飞也似的跑到村长家报告。

村长听过吴家老三的话后脸色惨白，什么话也说不出来。

此后，事情的发展方向越来越诡异。

吴家老三见村长大约三天后，下午两点多，村里一个叫"老公鸡"的老头儿在自家屋后看见一只老鼠。这老鼠见人也不怕，明目张胆地站在路中间，似乎有点呆滞。老公鸡赶上去一脚给踩死了，老鼠嘴里直冒血沫子。

然后，越来越多的老鼠开始在村里出现。这些老鼠大白天就大摇大摆地出现在大路上，一开始人们用锄头打、用脚踩，但太多了，怎么杀也杀不完。还有些老鼠跑出来后，不知怎么回事，自己就死了，嘴里都冒着血泡。一时间，村民们走在路上常常脚下一软，好像踩到什么软乎乎、黏答答的东西，一抬脚往往就能看到一只被踩得肠穿肚烂的老鼠。有些老鼠甚至大白天闯到人家里，然后嘴里冒着血泡沫，死在人家里。

村里的狗，那段时间是开了荤，天天吃老鼠吃得肚子滚圆。但村里的猫却怎么也不碰这些老鼠，有的人家为此甚至把家里的猫都给赶走了。

后来，村里有只狗死了，死的时候和那些老鼠一样，嘴里冒着血泡沫。

再后来,狗死得越来越多,一个村的狗几乎死光了,都是嘴里冒着血泡。

很多人家把狗剥了皮,有的人家甚至把狗肉给炖了吃……

老公鸡趁着日头好,准备做五十斤土豆干。他要把土豆去皮、切片,泡过凉水后再用开水煮一下,最后摊在日头下晒干。这样的土豆片,只要保持干燥,放多久都没问题,等到吃的时候用水泡发就行。新鲜土豆存储毕竟有时限,万一青黄不接,这个能当粮食充饥。如果日子好也不用烦,这东西无论是炖肉、炖鸡,都特别好吃。

老公鸡年纪大了,但身体还是很壮实。他从地窖里把一袋一百多斤的土豆拖上来,倒在院子里的地上,但紧接着,老公鸡就皱起了眉头,因为随着土豆一起滚出来的还有三五只死老鼠。黑色的老鼠尸体,拖着长长的尾巴,嘴边上有干涸的血迹,土豆里也混着黑色的老鼠屎,有的土豆被咬得坑坑洼洼。

老公鸡一边破口大骂,一边检查装土豆的袋子,果然在最下面被咬出了一个小洞,刚好够老鼠钻进去,却不够土豆滚出来。老公鸡皱着眉头,去灶房拿了火钳,把死老鼠一只一只地夹出来,扔进簸箕。

隔壁有邻居路过,问他:"老公鸡,你一个人在院子里,你骂谁啊?"

老公鸡说:"我骂这些死老鼠!我一百多斤土豆,钻进去好几只老鼠,糟蹋了不少。"

邻居跟老公鸡开玩笑:"老公鸡你真是老公鸡啊,跟什么都要斗斗，这死老鼠你也要斗？"

"滚蛋！"老公鸡骂道。邻居知道老公鸡的脾气，也不跟他计较，笑笑就走了。

老公鸡蹲下来一个一个地挑土豆，老鼠咬过的就都不要了。老公鸡家里人多，粮食也多，比起老歪子要讲究不少。除了被咬过的，还有的土豆粘上了老鼠尿，数量还不少，老公鸡又是心疼又是犹豫，到底要不要削掉继续吃呢？想了想，最后一狠心还是扔掉了，但是心疼得厉害，忍不住又骂了一顿，骂得有点气喘。

最近一段时间，老公鸡常常觉得自己气短，毕竟还是年纪大了，另外最近烟抽得可能也多了一点。

全部整理完，有二十多斤土豆都不能要了，老公鸡心疼得不行，正准备再骂，突然想起来，地窖里还有那么多土豆，会不会都进了老鼠？想到这里，老公鸡一分钟也不能等了，赶紧往地窖里跑。

这时，老公鸡的老婆从房里出来喊他吃午饭，心急火燎的老公鸡破口大骂："吃吃吃，就知道吃！吃你个瘟饭，吃你个死人饭……"

尽管这么多年，老公鸡的老婆已经习惯了老公鸡的臭脾气，但今天还是气得发抖。死人饭这种话能说吗？忌讳啊！

"这不得好死的老东西！"老公鸡老婆也低声骂着回房去了。

老公鸡跑到地窖，仔细检查一袋袋码好的土豆，破了洞的竟然有八袋！老公鸡简直有点急火攻心了。他在地窖仔细找，总算在地窖一根柱子的顶上找到了老鼠洞。他回到院子找了些碎砖块儿，又找了几根木头，回到地窖把碎砖块儿塞进老鼠洞，又把木头削成楔子，用锤子砸进去堵结实了。忙完老鼠洞后，老公鸡又开始把有破洞的土豆一袋一袋往院子里拖，拖到最后一袋的时候，老公鸡气喘得厉害。在拖到地窖楼梯的最后一级时，老公鸡猛然发力，却突然感觉到胸膛里似乎有什么碎了，跟着他急速的呼吸涌到嘴里，然后又从嘴里喷了出来。

老公鸡用手去擦，发现自己喷出来的居然是一大摊带着气泡的血沫子——就像前段时间自己踩死的那只老鼠！也像前段时间村里死去的那些狗！

当天晚上，老公鸡就死了，死时满嘴冒着血泡沫。

老公鸡死了，老公鸡的老婆一下就蒙了，幸亏大儿子已经成家立业，能独当一面。他请了村里专门做白事的，布置灵堂、买寿衣、准备棺木。老公鸡一直身强体壮，家里别说准备这些了，想都没想过，所以一切东西都得临时找。好在儿子还是能干的，尽管是第一次当家做主，但在几个发小的帮衬下，一切还算井井有条。请了左邻右舍，办了三天，没一个人能说出什么不是来。

三天后老公鸡下葬，老公鸡的大儿子筋疲力尽，晚上还强撑着和媳妇儿算人情往来的账。半夜，他觉得胸有点闷，喉咙发痒，就开始咳嗽。一阵撕心裂肺的咳嗽后，他媳妇惊恐地发现，他从鼻子和嘴里往外喷出大量带着泡沫的血！

老公鸡下葬才两天，大儿子又躺进了棺木里，老公鸡的老婆哭晕在棺木前，对老公鸡破口大骂。

"你个老东西！这下子你安心了？吃死人饭？！这下子我们家又能吃个几天啦！你个老东西啊，死都死了，你还害人啊……"

老公鸡的二儿子才刚刚结婚，在悲痛欲绝的大嫂和前面刚帮过他大哥的几个邻居的帮助下，开始办第二场丧事。

但这第二场丧事却没能顺利办完,因为来过第一场丧事的人,家里也开始生这种怪病——胸口发堵、口鼻喷血。

去过老公鸡家的、吃过狗肉的,家里都开始死人,这是第一拨。村长带着人,在发病人家的墙上用红漆画一个大大的叉,提醒大家不要上门。

第一拨死完后安生了大约半个月,大家都以为这次的时疫过去了,可谁知道,第二拨莫名其妙又开始了。

画上红叉的房子越来越多。一开始死人的时候,家家户户都悲痛欲绝,第二拨死亡来临时,大家便开始麻木了,说起哪家的谁死了,就像说死了一只鸡、一条狗那样平常。

死亡的步伐越来越快。

大坏待不下去了。他是外来户,到射乌山村时间不长,一家三口人也不多,还没在这地方扎下根。他和老婆收拾了行李,准备逃离这个充满死亡的地方。

一大早天蒙蒙亮,他挑着担子,带着孩子和老婆出了门。出村的路上,遇见村长带着两三个小伙推着一辆板车,车上放着四五具尸体,这是昨晚死去的。已经没有丧事了,村民每天从村里把死人收集起来送到村外,挖个深坑埋起来。本来还是一人一坑,但现在坑越挖越大,每天死几个人,就几个人埋一个坑。

村长沉默着,大坏也沉默着,一行人沉默地擦肩而过,大坏走上了出村的道路,而村长去往乱葬岗。

大坏挑着担子,老婆拎着个大包还牵着孩子,走得都不快。走了快两个小时,到了出山的老木桥。这座木桥不知是什么时候建的,据说是先有桥才有了射乌山村。桥是座木拱桥,长六十多米，全桥不用一根钉子，全靠一根一根原木用榫卯结构搭成，特别坚固。全村人就靠它跨越四十多米的峭壁和峭壁下的大河。

大坏远远地看见木桥墩就觉得有点不对劲，等越走越近，大坏惊讶地发现桥不见了！桥墩还在，但整座桥身却都没了。大坏绝望地跑到木桥前往峭壁下看，发现大桥的整个桥身都摔到了三十多米的峭壁下面，很多碎裂的桥身被河水冲走了，还有大约三分之一完整的桥身卡在河滩上。

"桥怎么断了？！"大坏急得双眼通红，四下张望。他看见大桥断裂的地方全是密密麻麻的小牙印，一只长尾巴的黑老鼠从桥墩下面木头缝隙里一闪而过。大坏和老婆惊慌失措地挑着担子、拎着包、牵着孩子又回了村，然后大坏就去找村长。

村长、老歪子和村里的几个老人正在商量事情，看见大坏后，村长还问他："你不是走了吗？"

大坏说："走不了了，桥断了！给老鼠咬断了！"

"什么？！"村长猛地站了起来，老歪子和几个老人也是惊讶不已。

大坏就把自己看到的情况详详细细地描述了一遍。

"这是要灭村啊……"村长喃喃自语，"你先回去吧。"村长脸色一片灰白。

"先不要告诉别人，这几天都待在家里别出门，我们来想办法。"村里另一个老人说。

然而并没有什么办法，大家商量来商量去，只能户户闭门，在家死挨！

老人们跟村长告别，各自回家。老歪子最后一个走，村长拉住老歪子的手，迟疑了一下说："几个月前，我们打死的那堆尾巴缠在一起的老鼠的事，你没和别人说吧？"

老歪子摇了摇头，不知道村长为什么突然说起这个。

"千万不要跟别人讲！我们不该打死那堆老鼠的，那是鼠王！现在老鼠来报复了，还不知要死多少人，我们是村里的罪人啊……"

老歪子吓得手直颤，然后问："要不请和尚道士来作法？"

"桥都断了，到哪里去请？死吧死吧，都死完也就拉倒了……"村长放开了老歪子的手，转身进了房。他现在也跟老歪子一样是孤家寡人，儿子、儿媳、老伴都死了，两个女儿嫁到了外地幸免于难，估计还不知家中噩耗。

死亡的脚步越来越快。

张小顺家先是哥哥发了病，办丧事的时候张小顺最小的儿子也发了病。接下来一个星期，哥哥家的儿子、张小顺的嫂子、女儿、媳妇、叔母、弟弟，全死了。张小顺的姐姐本来已经出嫁到本村另一家，得知噩耗后来奔丧，也一命归天。等把所有人都送进坟，张小顺自己也倒下了，却再也没人敢安葬他了。

张小顺家是第一个灭门的，此后灭门的人家越来越多。后来每天中午，村长带着人跑到村外的小山坡上看村里人家的烟筒，哪家的烟筒不冒烟了就上哪家，往往一开门，发现一家人都死得干干净净。都是大家庭，八口的、十一口的、二十几口的，干干净净……

再后来，村里死的人终于比活着的人还要多了。村里多出了很多空房子，再也没人愿意挖坑，就把空房打开，把一具一具的尸体扔进去，然后把门窗关好，从外面钉上几根木条。

人更少了，而死亡的速度却更快了。有的人家里，两个人隔着房门正在说话，说着说着，突然另一边不吱声了，过去一看，人已经死了。

大坏没有等到村里老人们的办法。儿子先去了，老婆哭得昏天暗地，都没等到第二天，大坏当天夜里也去了。大坏老婆第二天凌晨用一根绳子了结了自己。

大坏的房子很小，刚置办没两年。挂在房梁上的大坏老婆都没有放下来，村长就直接让人关门关窗，封死了房子。

所有的村民对于死亡都开始极其冷漠了。不是自己会不会死的问题，而是什么时候轮到自己的问题，大家都在麻木中等待着整个射乌山村最后的覆灭。

射乌山村的人像冬天的野草一样纷纷死去，而黑暗中，汲取了大量生命力量的妖怪变得越来越强大。而且妖怪有越来越多的同类也开始有了灵智，纷纷开始化妖。

射乌山村还剩一百多人时，村里来了个坎大师，自称是独自远游的读书人。路过这里时望气，见这里乌云盖顶，死气冲天，所以特意过来救助。

午时，村长陪着坎大师登上了村外的山坡。村里烟筒还在冒烟的房子，十不存二，坎大师连连摇头。

"山人来晚了……"

"村里通到外面的桥已经断了，坎大师是怎么进我们村子的？"村长问。

"山人自远游以来，一直以饱览山河化为笔端锦绣文字为己任，所以一直都是翻山越岭，从不走常路。加上自幼习武，他人视为畏途之处，我却视为坦途。"

"坎大师非常人！"

"我年幼时还学过一些道法与医术，可治时疫恶疾。我们赶紧回去开始救人吧，早一刻就能多救一个。"

村长陪着坎大师回到村，把剩下的人都召集起来。

老歪子还活着，但已经疯了。一发病，只要见着活物，冲上去就打，嘴里还喊着："我打死你们这些臭老鼠！"他被其他还活着的村民架着来集合，见着了坎大师，又发病了，冲上去就想打，嘴里还喊着："我打死你们这些臭老鼠！你们这些臭老鼠……"

疯子力气大，三五个村民才压住了老歪子。

坎大师厌恶地看着老歪子。

"疯了，坎大师不要见怪。"村长在边上解释。

坎大师看了几个病重还没死的村民，然后开了个药方，其中有一味活猫胆。

"你们这里的病应该是老鼠引起的。"坎大师说。

"是的，是的！"村民们想起早期那些奇怪的老鼠，纷纷称是，视坎大师为神人。

"鼠怕猫，用活猫胆一副为主，再配一些药材为辅，保证药到病除！"

辅材都是些很普通的，活猫胆尽管有些麻烦，但毕竟还是能搞到的。村民们开始大量杀猫，家猫野猫，射乌山村方圆十一二里，所有的猫都被射乌山村的村民杀了个干净。奇怪的是，这服药还真是药到病除，不管多重的病，一服下去，第二天就能下地。生过病的人好了后，除了体力弱了很多，容易气喘，其他都没问题。

村长激动得老泪纵横，带着众人给坎大师下跪，要给坎大师修建生祠。

坎大师把村长搀了起来，然后说："我的药石可暂时压制此疫，但如想根除，还得从风水上想想办法。此地山水形势，宜汇阴气、生死气，易发时疫，如不做改变，只怕二三十年后还是得出大祸。"

村长吓得又给坎大师跪下来了："求坎大师指点！大师一定得帮帮我们啊！"

坎大师装模作样地沉思了一会儿，说："罢了罢了，救人一命胜造七级浮屠，我这几年就在这里，帮你们安顿好再走吧。"

村长和村民一听又连连磕头，感谢不已。

坎大师让村长带人收拾出了好几间房子，然后离开了几天，带了四五十个人回来。坎大师告诉村长这些人是附近山里的猎户，他带他们过来帮忙，村长又是一顿感谢。接着，村里就开始拆房子、盖房子。粮食倒是没问题，村里人死得差不多了，原来储存的粮食够现在的人吃三五年。这样农忙的时候种粮食，农闲的时候就拆房子、盖房子，前前后后忙了两三年。

坎大师带着四五十人每天进山，他告诉村长这是要观察此地形势，布置周围的山水形胜。村长和村民感激得不知何以为报。

如此这般，又过了一两年，村里的房舍按照坎大师的设计修建得差不多了，原来封锁陈尸的房子也都打开，该拆的拆，该修整的修整，尸体也全部入了土。这场天大的祸事就这样慢慢过去了，村里也有新生儿出生了。

在坎大师的主持下，村民们又开始打通出山的道路。可村里就这些人，修建一座木拱桥是没可能了，只能修了条简易的藤桥。半个村的人都参与了藤桥的修建，先是搓长绳下峭壁，然后把木头吊下峭壁扎木筏过河,再在对面的峭壁上打上钉子爬上去,用绳子把砍下来、烧制过的藤条系起来,拉到对面,找一棵老树捆上去。一根一根的藤条在两岸拉起来,搭成了藤桥的框架,最后再铺上木板。足足一个多星期,一次可以过两个人的藤桥总算搭好了。

又过了半个月,有行商到村里来交易毛皮和药材,看见射乌山村完全变了样,大为吃惊。村里人烟稀少,原来认识的熟人基本上都死光了,而更奇怪的是,村里的房子修建得奇奇怪怪,跟迷宫一样。而射乌山村的人个个都对原因讳莫如深——他们怕其他地方知道村里发时疫,影响以后村里人的嫁娶。

村里更有一个奇怪的老疯子,满身污垢,在村里跑来跑去,跑着跑着会突然站住,看着远处的人或活物,举起手做殴打状,在嘴里呢喃着:"臭老鼠,打死你!你们这些臭老鼠,打死你们!"以前这个疯子真的会冲上去打,可每次都被反过来痛打一顿,后来疯子被打怕了,只敢远远地做出殴打状。没人知道,这个老疯子怎么能活到现在。

第十八章

黑鼠妖与万鬼洞

悟空、小白龙带着蔡包子和草狗,在半空中看见整个射乌山村的房子修建得极其怪异——正中间是座大房子,应该是祠堂;以祠堂为中心,周围的房子以稍微有些弯曲的辐射状排开,辐射出去的一排排房子有长有短,但总体来看还是一个正圆形。

悟空、小白龙带着蔡包子和草狗在村外一个隐蔽的地方落了地,然后带着两人进村。村里既没有鸡叫没有犬吠,也没几个人,一片死气沉沉,安静得可怕。村里的道路都是微微弯曲的,四通八达,像一张巨大的蛛网落到了地上。

悟空带头走到一家院子前,院门一推就开了,院子里荒草有半人高,墙头还挂着落满了灰尘的竹箩,靠在墙角的锄头木柄都已经朽了。几人换了一家盖得非常粗糙的新房,推开院门,里面什么都没有,只有墙和门窗,门也非常粗糙,直接是一大块木板盖在门洞上,窗户就是墙上开了个洞。

"奇了怪了……"小白龙嘀嘀咕咕地说,"这房子是盖给什么人住的啊?这就没往人能住的方向盖啊。"

一家一家看下去,没一家有人的。最后一家粗制滥造到了极致,房子高度甚至不到一米。小白龙继续嘀咕"这怎么住"时,悟空悠悠地来了一句:"这房子可能不是给活人住的……"

这话出口,明明是初夏阳光灿烂的下午,但大家还是忍不住打了个冷战。蔡包子和草狗更是吓得叫都叫不出来了，缩着身子抖成一团。

后面就没有再看房子了，一行人直接走到了祠堂。祠堂也是新修的，同样比较粗糙，什么装饰都没有，但非常大，也非常高，足有五六米。进去后是一个天井，过了天井到第一进院落里，悟空一行吓了一跳，只见一堵墙从天花板一直到底，十几米宽，墙上密密麻麻贴满了二寸照片，照片下面写着生卒年份。有的照片是空着的，下面只有个名字，有的出生年份是空着的，但所有人的去世年份都是八年前。

"那一年死了这么多人？"小白龙凑近看了看，感叹道。

蔡包子和草狗在一边抖得像筛糠一样。"大爷，这边没我们事了，我们能不能走了？"草狗说。

"那你们自己先走吧。"悟空说。

草狗看了看那堵贴满了死人照片的墙，吞了口口水说："那我们还是一起吧，我今天没什么事……"

一行人从墙边上的门进了第二进。这是一个小院子，种了两棵细长的树，地面是砖头铺的。

"什么人？！"小院子一角的门里无声无息地转出来一个身材单薄、看上去很疲惫的白脸年轻人。

"我们以前住在附近的村子，常年在外，今年回乡，来走亲戚。"小白龙说。

"走亲戚？"年轻人喘了口气，然后怀疑地问，"哪一家？"

小白龙就用眼角瞟草狗，还推了草狗一下。草狗愣了愣，看向蔡包子，蔡包子也愣住了。悟空在边上眼睛一瞪，蔡包子立马一个激灵。

"我大姨，大姨家，就是二旺……"

年轻人的神态一下放松了。

"二旺家啊……"年轻人神情有些悲伤，又喘了口气，"二旺家没啦。"

"没了？"蔡包子这下是真奇怪起来了。二旺是他一个朋友的大姨的孩子，他陪他朋友十年前来射乌山村玩过。二旺有个妹妹，年纪不大，水灵灵的，当年蔡包子没少巴结，可惜二旺的妹妹根本不理他。

"二旺家——我大姨家七八口人呢，怎么就没了？"

年轻人向他们走近一点，才走了几步就有点喘。

"七八年前，我们这里发时疫，一家家都死光了。"

"二旺妹妹也死了？"

年轻人点点头："不是说他家死光了吗，死的人海了去，二旺家是第一批。最早是我爸去世，二旺家来参加丧事。我爸刚下葬，我哥又去了，然后我妈、我嫂子、我侄子、我新过门的媳妇，我们一家老小二十几口，最后就我一个人活了下来。二旺家人来参加我爸的葬礼，回去第三天就开始死人了。我记得一个星期不到，死得就剩二旺他妈一个，后来也没熬过去。"

一口气说了这几句话，年轻人不得不停了下来，喘得厉害。

"是你爸传染的时疫……"草狗在边上问。

"不是！"年轻人急忙否认，回答得急了，咳嗽了起来，"我爸只是第一个发病的。那几年，我们这里闹老鼠，是老鼠传的。我爸之后，很多平时跟他没接触过的也都陆续发病。"

悟空和小白龙对视了一眼。

年轻人又喘了几下，然后说："幸亏后来坎大师来了，治好了我们……"

"坎大师？"小白龙问。

"嗯，一个活神仙，路过我们这里，看我们村都快死完了，出手把剩下的人都救下来了。"

"我看村里好多房子，怎么都没住人啊？"小白龙问。

"人都快死光了，哪能住得满。"

"但我看很多房子都是新盖的啊。"

"哦，那是坎大师指点的，他说我们这里风水不好，要改……那些房子，本来也不是住人的。"

小白龙和悟空又对望了一眼。

"情况就是这样了，你们想转就随便转转吧。"年轻人说。

"这村子盖成这样，我都找不到大姨家在哪边了。"蔡包子又说。

"二旺家也没啦，改风水时拆了。现在天色还早，你们随便逛逛赶紧走吧，天亮之前走得快点还能出山。"年轻人费力地说完这一串话，然后又咳嗽起来。

"坎大师在哪里啊？"小白龙问。

年轻人好不容易咳完，脸有点发红："坎大师常常进山采药，不常住村里。在的话肯定住村长家，村长家在村头，第三家。"年轻人很辛苦地忍住咳嗽，然后挥挥手，又从角门出去了。

悟空一行出了祠堂，直奔村头村长家。村长老得不像话，说话也不是很利索，问了半天也没问出什么有用的东西。在村里又转了转，又遇见了几个村民，都是表情木讷，说话迟钝。

此时已经下午三点，离小八失踪已经三个半小时了，悟空正要对草狗发火，突然看见对面的小白龙和草狗神色怪异地看着自己后面，然后突然觉得屁股一疼。他回头一看，身后一个一身黑衣二十多岁的年轻人，又矮又瘦，尖嘴猴腮，戴个黑色的毛线帽，一双眼睛骨碌碌直转，笑嘻嘻地看着自己。

悟空想起来这是前几天那个大先生的跟班，叫什么小黑；然后他想到这人道行挺深啊，靠自己这么近都没发现；再然后悟空就反应过来了，自己被这小王八蛋捏了屁股！

悟空勃然大怒，脸都臊红了，正准备从耳朵里掏金箍棒，手刚举到胸前，那个贱兮兮笑着的小黑已经飞快地从衣兜掏出一包烟，弹出一根，塞到了悟空举到胸前的手里。悟空迟疑了一下，这烟他听说过、见过，就是没抽过！因为太贵了！三万块钱一条，一包都得三千块，一根一百五！

悟空还在迟疑着，小黑立马上前，举起手上的一个镀银的顶级奢侈品打火机，叮一声打着了。悟空出于习惯，本来准备伸到耳朵里掏金箍棒的手夹着香烟塞到嘴里，然后歪着头去凑火。火点着了，刚抽了一口，小黑又暧昧地去拉悟空的虎皮裙，吓得悟空往后一跳。这是要干什么？俺老孙当真魅力无穷？

小黑锲而不舍地去拉悟空的虎皮裙，悟空手上拿着烟连躲几下，因为吃惊都忘记自己可以出手制止，只是集中精神左右左右地躲，最后还是没有躲过小黑的魔掌，被一把拉住了虎皮裙。小黑把那包超贵的烟和奢侈品打火机都塞到了悟空的虎皮裙里，还用手拍了拍，然后一脸贱笑地说："这烟和这打火机才配得上大圣您啊！"

悟空忘记了生气，小白龙也惊呆了，连悟空左扭右扭这么搞笑的场景都忘记笑了。

"大圣今天怎么有空跑到这个小村子来啊？"

悟空抽了口超贵的烟，口感确实很醇厚，很有劲儿，但要说一百五一根，那就真是人傻钱多。他离小黑远了点，然后说："小八不知道被什么妖怪抓了，我们跟着线索找到了这里。你呢，你来做什么？"

"小八？那个八哥啊，他怎么被抓了？不可能啊，他挺厉害的呢，整个五村一镇都是他的地盘啊……"小黑犹豫了一下，"有什么能帮得上的我一定帮！"

"你来这里干什么？"小白龙追问。

"我、我来跟这里的妖怪谈个合作，但不是太合适。"

"这里的妖怪？"

"一个坎精。"小黑大大咧咧地说，"我一开始还不知道坎精是什么，结果来了一看，就是群老鼠嘛（注：八卦中"坎"对应十二地支当中的"子"，属相当中即为"鼠"）。不是美食家要到我们这里吗，我们要给他找食材，最主要的就是人。你们也知道这里的规矩，人不好买啊。我从小道消息打听到这里有个什么人类分拣处，说是分门别类的什么人都有，吹得神乎其神，结果我来一看，是群老鼠搞的，而且野蛮粗暴得不得了。美食家那个尿性你们又不是没接触过，老鼠搞来的食材他肯定嫌脏不肯要啊……"

"在哪里？"悟空和小白龙同时问。

小黑看了看悟空和小白龙。"你们怀疑是那群老鼠抓了小八？"小黑想了想说，"哎，还真有可能，我带你们去。"

小黑风风火火地在前面带路。

"你们自己先走吧，别跟着了。"小白龙对草狗和蔡包子说。两个家伙看看天色，都快要黑了，又听到"人类分拣处"这些可怕的字眼，实在没胆子自己出山，战战兢兢地继续跟在后面。

小黑带着他们直奔村外，走了没多久，路过一个大土堆，然后又走了没十分钟，到了一个半地下的洞口，洞口被茅草和灌木掩盖着，扒开来一看，里面黑乎乎的。

小黑指了指不远处的大土堆："那是这个村子前几年发时疫埋死人的万人坑，这些耗子精就把窝安在坑下面。我进去的时候，里面四通八达，据说整个村子下面都被这些老鼠精掏空了。这些家伙骗村民把房子排列成那种奇形怪状的样子，和地下四通八达的通道一起组成了万鬼轮回大阵，埋在里面的死人都不得超脱，一遍遍体验死前的痛苦，这些老鼠就把这儿叫万鬼洞。下去以后小心点儿，里面的鬼都疯了，到处找替死鬼，这些老鼠用这些疯了的鬼做不花钱的保安，坏着呢……"

"我×，难怪……"悟空自言自语。

"这村子的时疫也是这些老鼠精搞的鬼吧？"小白龙问。

"谁知道，反正这些家伙脏得很，我就不进去了。刚见过面就带人来捣他们的老窝，脸上挂不住。"小黑笑嘻嘻的。然后他从裤子口袋里面掏出来一个口罩递给悟空。

"N95，就一个。"小黑抱歉地看了一眼小白龙，然后又对悟空说，"我自己刚才用的，大圣要是不嫌弃就拿去用，你知道，里面脏得很。"

悟空摇了摇头，说："不用，我有去秽除邪咒。"

小黑又递给小白龙，小白龙也摇了摇头。

然后大家都看着草狗和蔡包子。

"不是让你们两个别跟着吗？"小白龙说。

"要不，小黑，你把这两个货带出去吧。"悟空盼咐道。

"好嘞！"小黑一边笑眯眯地说，一边打量着草狗和蔡包子。

"我不、我不，我要跟着大圣……"蔡包子因为哭过，又用手擦过脸，所以现在脸上脏得一塌糊涂。

"我……"草狗看看小黑，看看蔡包子，又看看悟空，似乎了解了什么，说，"我也要跟着大圣。"

开玩笑，刚才那个妖怪自己都承认了是专门出来找人当食材的，这么跟他走了，估计明天就得被剥得赤条条的，然后再挤上芥末……

"再不滚老子一棍子敲死你们两个！"悟空把金箍棒掏出来在地上顿了顿说。

蔡包子闭着眼睛大哭起来，一边哭得上气不接下气，一边说："被你打死也好过被吃掉……"

小黑翻了个白眼，心想：你们这两个货色都能用的话，老子还需要这么辛苦吗？

一时大家都有些束手无策起来。

"我们也没想来，你们硬逼着我们来；现在用不着了就要打死我们……"草狗可怜巴巴地说。

"行行行。"悟空给气笑了，甩手将两个去秽除邪咒分别扔在两个家伙身上，两人身上同时闪了闪微黄色的光。

"我给你们两个施了去秽除邪咒，什么毒气邪物都近不了身。好好跟在我们后面，不要乱跑，方便的话我不介意保护你们，不方便你们就自求多福吧。"

"谢谢大圣，谢谢大圣！"两个家伙就差跪下来磕头了。

悟空一转头，又见小黑老老实实地站在小白龙身后，忍不住问："你怎么不掐他屁股啊？"话一说完，小白龙似乎被提醒了，

- 221 -

猛地一跳，离开小黑远远的。

小黑愁眉苦脸地说："今天掐不起了，我身上值点钱的就刚才那包烟加那个打火机，这位公子一看就非富即贵，我也不知道他喜欢什么，这要是掐下去，他万一跟我翻脸，我连迂回的礼物都没有……"

悟空和小白龙一时无语。

小黑用右手对着左手狠狠地来了一巴掌："我就是管不住我这个手啊！我容易么我，大先生给的是不少，都给我这点爱好花了。"说着他从口袋里掏出来一包皱巴巴的烟，"你看，我才抽几块钱的烟……"

悟空一看，居然是两块五一包的。悟空一时不知道说什么，张口来了句："这烟现在可不好买。"

"谁说不是呢。"小黑说，"就这点爱好，忍不住啊，越是厉害的存在就越想上去掐一把，这种冲动，控制不住啊！不过人类不是有一句话吗，'做人总要有点梦想，否则跟咸鱼有什么区别'，我想做妖也要有点梦想，我就想，总有一天，我小黑要把玉皇大帝和如来佛祖的屁股都掐上一把！最好两位大人物都排好，把屁股撅起来，我上前，左手一把右手一把。不多，每位只要掐一把就行！"小黑陷入自己的梦想里，眼睛里都闪着星星。

"你这梦想……真牛×！"悟空光是想想都觉得辣眼睛。

小黑嘿嘿直笑："梦想总要有的嘛，说不定就能实现了呢，今天我不就把大圣的屁股给掐了吗？"

小白龙很艰难地才忍住笑。草狗和蔡包子在边上凑趣哈哈大笑，笑了两声，反应过来不太对，笑声戛然而止。

悟空把手伸到虎皮裙里，抓住那包超贵的烟和那个超精美的银打火机,这才克制住自己发飙的冲动。

"从这个洞进去,一路上不要拐弯,一条直道走到头,可以直接到这个老鼠洞的中心,他们老大就在那里。我就不陪你们了,我还得给美食家找食材呢,时间紧任务重,没办法,给人打工嘛……"小黑似乎看见了悟空忍得很辛苦,有点怕,打了个招呼就站远了一点,随时准备开跑。

"所以我讨厌乌鸦……"悟空说。接着,他就一纵而下,跳到那个巨大的万鬼洞——老鼠洞里去了,小白龙紧跟着也一跃而下。草狗和蔡包子看着悟空和小白龙跳进黑漆漆的洞里,一时间犯难了。他们既不知道下面有多深,也不知道下面有什么,于是两人都回头去看小黑,结果小黑龇牙冲他们邪魅一笑,两人吓得掉头就跳下去了。还好,也就半人多高,而且比想象的宽敞,也比想象的干燥。

"在上面磨叽什么呢?再磨叽不等你们了!"悟空不耐烦地说道。

"别、别……"草狗哈着腰恭敬地说,"我们害怕啊……害怕。"

"害怕还要跟着。"悟空一边说一边往洞深处钻。

就着洞口透进来的微光走了没多远,就进入一片伸手不见五指的路段。悟空和小白龙都能暗中视物,所以没有任何障碍,而草狗和蔡包子就倒霉了,他们什么也看不见,紧紧跟在小白龙后面,头皮一阵发麻,却又不敢停。悟空和小白龙走得特别快,似乎都不知道谨慎两个字怎么写,两人又不敢规劝他们小心点。不过似乎因为有那个什么万鬼把守,所以老鼠洞防守得特别松,一个警卫也没看见。一行人就这样走了大约五分钟。

咚一下,蔡包子一头撞在前面的小白龙背上。

"小心点儿。"小白龙回头呵斥了一句。

"哎,哎。"蔡包子连声答应,心里却在想:我怎么小心?我什么也看不见啊!

又听见前面悟空"咦"了一声,然后小声说:"真聪明……"接着又开始往前走了。

很快,草狗和蔡包子就知道什么聪明了。前面的洞有了照明,只不过是碧惨惨的光,一点一点绿色、蓝色还有红色的火苗在空中飘浮着,一走过去,就跟在人身后慢悠悠地飘啊飘啊……蔡包子突然反应过来,这是鬼火啊!然后看见草狗也抖起来了,蔡包子知道他也明白了。

身上的鸡皮疙瘩起来后似乎就没恢复过,但他们也得硬着头皮跟紧,因为洞开始分叉了。悟空和小白龙牢记"一条直道",直接走中间。可三岔路还好选,但两条分岔路就比较尴尬,每次只能选相对直一点的。好在悟空和小白龙艺高人胆大,也不在乎选没选对,只是苦了后面的蔡包子和草狗。

又往下走了大概十分钟,通道开始变得狭窄、潮湿起来;再走五分钟,洞两边开始有裸露在外的白森森的人骨,鬼火越来越多,洞里也越来越亮了,空气里一股霉味儿。

草狗看见两团鬼火正好在一个骷髅的眼眶里燃烧,像是一对发光的眼睛,他赶紧拉了拉前面的小白龙。小白龙根据他的指示看了一眼,然后一挥袖子,那对眼睛飘飘忽忽地又飘走了,然后小白龙瞪了他一眼。

老鼠在人的头骨眼眶里钻来钻去,草狗和蔡包子两个家伙手抖着,腿软着,深一脚浅一脚地跟在后面,眼睛紧紧盯着前面的小白龙和悟空,已经不敢往两边看了。再往下走,老鼠越来越多,甚至有成群的老鼠在洞里来来去去。有的老鼠跑着跑着突然停住，在空气里嗅来嗅去。悟空的去秽除邪咒在某种意义上也有隐身的功效，成了精的邪魅都看不见，倒也不怕被它们发现。

走到将近二十分钟的时候，坑道的地上已经几乎没办法落脚了，到处都是长尾巴的黑老鼠在相互追逐、嬉戏打闹。

悟空又停住了，然后对着后面竖起了一根手指，让大家噤声。他们来到了一个类似门厅的地方，几人鱼贯而入后，见这个门厅连接了好几条通道。正对面的是一个大厅，悟空往大厅里看了看，然后摇了摇头，示意小白龙来看看。

小白龙看了一眼，也吸了口凉气。草狗和蔡包子壮着胆子到门口瞄了一眼，顿时感觉心里毛得厉害。

大厅约三百平方米，顶部有一团巨大的鬼火熊熊燃烧，算得上"灯火"通明；大厅地面全是人的白骨，白骨里到处穿行着黑老鼠。这些黑老鼠有的有猫那么大，有的做人立状，还有在人头骨前打坐的，熙熙攘攘，整一个"鼠山鼠海"。厅里阴风阵阵，臭味扑鼻，碧色摇曳的火光照得到处一片惨绿，到处都是吱吱吱的老鼠叫声，连悟空和小白龙都起了一身鸡皮疙瘩——不是怕，而是实在恶心。

但草狗和蔡包子是真怕，已经到崩溃的边缘了。

悟空看了他们一眼，然后用手隔空点了两人一下，蔡包子和草狗惊讶地发现，自己明明在剧烈地喘气，但是一点声音都没有。

"怕你们两个叫出来惊动了它们，所以暂时把你们的声音隔绝了，过半天就好了。"悟空小声地说。

草狗和蔡包子神情激动，嘴巴飞快地动着，应该是在抗议，但一点声音都发不出来。悟空也没管他们，用手指了指大厅对面，

- 225 -

小白龙点了点头，表示看到了。这两位都视力超群，他们皆发现大厅正对面有一条通道，这也就意味着他们要想走一条直路就得穿过大厅。

悟空用手指了指大厅两边，又指了指左边，意思是："左右两边都有分岔路，要不我们先从左边走走，看看能不能绕过去吧。"

小白龙点了点头。大厅里老鼠太密集了，他们很可能会被发现，万一小八真的在这里，妖怪发现他们到来后把小八转移走，那就更难找了。悟空带头绕进了左边的岔路。谨慎起见，他拔了根毫毛变成一卷散发着微光的鱼线，边走边放。

顺着左边的岔路进去十几米，小白龙和悟空就后悔了，这根本就是一个迷宫，到处都是分岔路，有的宽大得两人可以并排走，有的窄小得只能侧身过去。地道左一拐右一拐，拐得悟空焦躁起来，走的速度越来越快，这就苦了草狗和蔡包子，两个人连滚带爬地跟在后面，最后都跑起来了，然而……就算跑到上气不接下气，两人还是跟丢了。

草狗和蔡包子绝望地看着小白龙的身影飞快地在前面的拐角一闪而过，等他们呼哧带喘地跑到这个拐角时，果然，等着他们的全是分岔口，根本不知道那两位拐到哪里去了。两人对望一眼，都从对方的眼神里看到了深深的惊恐。蔡包子一屁股坐到了地上，草狗看看坐在地上的蔡包子，再看看眼前全是分岔的路，也呼哧呼哧地喘着粗气坐到地上。

蔡包子低着头，指指地，然后摇了摇手，意思是"今天我就坐这里了，哪里都不去了，爱咋咋的吧"。

草狗脸色也非常沮丧，狠狠地捶了一下地面，什么声音也没发出来。然后他突然又想起什么，抱着最后一点希望在屁股周边的地上仔细寻找悟空布下的微光鱼线。但那鱼线是给悟空和小白龙看的，为了防止被发现，鱼线本身就极细极细，微光更是极微小，在大片摇曳鬼火的闪烁下，以草狗和蔡包子的目力根本别想发现。

草狗终于也闭上眼睛。他绝望了。

刚刚跟在两个大佬后面光紧张地记着别跟丢了，现在大佬走了，两人歇下来，这才开始听见其他声音：四周到处都是窸窸窣窣的声音，听得全身发痒发麻；鬼火燃烧也不是没声音的，有一种极其细微的呼呼声，连成一片；还有不知道从哪里传来一声隐隐约约的惨叫，吓得草狗和蔡包子都浑身一抖。

等习惯了身边飘来飘去的鬼火，气也慢慢喘匀了，草狗壮着胆子，用手轻轻碰了一下路过的鬼火，鬼火轻触了一下蔡包子的手，然后随着手指运动的气流缓慢而优雅地飘走了。

没有温度！

草狗看了一眼同样瞪着惊恐眼睛的蔡包子，蔡包子用口型比出来一句"怎么办"。草狗摇摇头，表示自己也没办法，然后就看见蔡包子神情激动却无声地破口大骂。骂了一会儿，他站起来，一边手舞足蹈地打那些鬼火，一边还在骂，只不过都跟哑剧一样没有任何声音。

鬼火极轻，随着蔡包子手的舞动四处流散，根本碰不着。

草狗低下头又喘了几口气，然后突然似乎听到了什么，爬起身来一把抓住蔡包子，用手指了指自己的耳朵，示意他听。蔡包子不知道他什么意思，挣了两下没挣开，也安静下来，然后两人对视一眼，眼中满是抑制不住的恐怖——一片螃蟹吐泡沫的声音，在前方拐弯的地方越来越近。

在两人惊恐的目光中，拐角拐过来一个黑影，蔡包子看了一眼就吓晕过去了,而草狗吓得跌倒在地,恨自己怎么就晕不过去!

只见一只鬼晃晃悠悠地飘进了通道,破衣烂衫,双眼翻白,形容枯槁,嘴里不停地吐出血沫,在嘴角堆起来,然后滴落到地上。血沫在它身后滴了长长一条,又恶心又吓人。

这只鬼脚不沾地地飘到草狗和蔡包子身边,脚碰到了跌倒在地的蔡包子,然后停住了,疑惑地看着自己脚下,似乎它并不能看见蔡包子。这只鬼围着蔡包子绕了一圈,还弯腰去摸,两只已是白骨形态的手摸到蔡包子的身上,又慢慢摸到蔡包子的脸,在蔡包子的脸上摸来摸去。它嘴里的血沫子吐得都慢了,似乎在思考,自己摸到的到底是个什么?为什么看不见?

草狗缩在一边,恨不得把自己的身体挤到洞壁里去,身上都快抖出残影了。

一大群螃蟹吐泡泡的声音突然扑面而来,只见前面的拐角突然涌出了各式各样的鬼,老鬼、小鬼、中年鬼、男鬼、女鬼……都是破衣烂衫、形容枯槁、双目翻白,嘴里都堆满了血沫,那血沫不断地涌出来再落到地上,空气里一股扑鼻恶臭。

草狗终于如愿以偿地吓晕了。

群鬼挤挤攘攘地通过通道,第一只鬼也被挤走了,它一边被挤走,一边还奋力地回头,想挤回去调查下那个看不见的东西到底是什么,嘴里的血沫因为激动都喷出来了。但是鬼单力薄,它就这么硬生生地被挤走、挤远了。

就像人聚集起来智商就会变得比较低,鬼聚集起来也是没有智商的。群鬼里没有一只鬼发现通道里有看不见的东西,哪怕碰到、踩到了,也不在意,跟着鬼群就走远了。

悟空和小白龙也遇见了群鬼,但他们提前躲开了。

- 228 -

"真脏！"悟空心里想着，回头看了看跟在身后的小白龙，小白龙往身后打了个手势，意思是回大厅吧。他实在没有勇气跟这么脏的鬼战斗。悟空点点头，然后他们才发现身后的两个人不见了。

"叫他们别乱跑别乱跑，还乱跑，等找到了老子敲死他们！"悟空气得要发狂，"一点都不让人省心！"他一边气愤地骂着，一边跟着小白龙掉头，根据微光鱼线返回大厅。

回大厅时又奇怪起来，明明走了没多久，但回去的路比来时的路长了不止一倍，而且一路上遇到了好几拨吐血沫的鬼。幸好悟空的微光鱼线落到地上就生根，如果地形有变化的话，还会自动伸长缩短，所以倒是没迷路。

在一条通道里，悟空和小白龙看见了倒在地上的蔡包子和草狗，一时间两位都犯了难。这两人太脏了！身上落满了干硬的血沫，悟空的去秽除邪咒作用于身体，但是保不了衣服，他们身上脏得都不知道该从哪里下手救人。

小白龙掏出一张面巾纸放在两人鼻子前试了试，纸在动，看来都活着，还没死。

"你多给我两张纸。"悟空说，然后他用四五张面巾纸隔着，抓住了蔡包子的衣服领子，把他提死狗一样提了起来，"先带着，找个安全点的地方扔在那儿，等我们忙完了再把他们叫醒。"

小白龙点点头，也抽了四五张面巾纸，隔着抓住草狗的衣服领子。

回到进入大厅的那个小厅，把蔡包子和草狗扔在墙角，然后悟空变成了一只小虾虫，小白龙化了原形，但身形缩小到比针尖还小，这本就是神龙的本体神通。这样过大厅就一点风险都没有了，前面没这么做，也就是蔡包子和草狗耽误事儿而已。

两人小心翼翼地飞过大厅，进了对面的通道，通道的墙壁上开始出现奇怪的符文，越往里走符文越密集。又走了十分钟，悟空和小白龙居然听到了流水声。老鼠们在地下挖出来的洞穴和一个天然洞穴连接起来了，天然洞穴里有一条不宽的地下河，地下河边，一盏户外强光灯立在电线杆上，电线杆下有一个平台，平台上竖着一个巨大的铁笼子，笼子里关着六七个人，有男有女，有老有少。有一个穿得破破烂烂又矮又胖的人站在铁笼子外，拿着一把高压水枪，从地下河里抽出水来对着铁笼子里一顿乱冲，一边冲一边骂："你们这些家伙也不讲点卫生，把自己搞这么脏，害老子忙死了……"

铁笼子里的人躲避着，徒劳地试图阻挡高压水枪的水龙。这些人本就衣不蔽体，高压水枪一冲，很多人衣服都碎了。等冲完后，基本上没有几个衣服还完整的。里面那几个女的衣服已经完全挡不住身体了，但她们神情麻木，似乎已经失去了神志。

小白龙推了推悟空，然后指了指电线杆上面，悟空看过去，石台电线杆上挂着一个牌子，上面写着"人类分拣处"。悟空大怒，刚想化出原形把这里砸了，把人救出来，小白龙在边上又推了他一下，然后摇摇手，意思是："别急，小八还没找到呢。"

这时，台子下面又爬上来一个"人"，拿水枪的一见立刻卑躬屈膝起来。

"坎大人，您老怎么到这里来了？"

那个坎大人看上去四十岁的样子，是个猥琐的瘦矮子。

"老板让我来挑一个带过去，今天晚上用。"坎大人说。

那拿水枪的人往笼子里看了一会儿，然后往笼子里一指，说：

"挑这个，这个进来没多久，又肥又嫩，绝对好。"

坎大人顺着拿水枪的人指的地方看过去，那是一个小女孩，十六七岁，个子不高，皮肤有点黑，身材不错，微胖。

坎大人满意地点了点头，不过突然又想起了什么，板着脸说："让你们先把存货拿出来用，就是不听，上个月又死了十几个吧？老板都生气了，让人查死了几个。进来都半年多了，你们真是瞎搞，这死掉的都是钱，不知道吗？"

"知道知道，不过前面天气不是冷吗，大排档那里没开业。大排档那里用量大，它没开业，我们不免有些存货。上个月一开业就都没存货了。今天我不是思量着您那里可能要用嘛，所以特意挑了一个刚来没多久的。"

坎大人满意地点点头，然后又叹了口气："大排档你别指望了。他们被发现了，已经撤离了，新的大排档还在挑地方呢，估计没一个月搞不定。"

"哎呀，那亏大了，这会儿正是做生意的时候啊！"拿水枪的人心疼地说。

"谁说不是呢，没办法啊。"坎大人感慨道，"最近不太平，就这一亩三分地，来了好多大有来头的。老板今天请客，也是想抓紧时间巴结个靠山……哎，我跟你这条老狗说这些做什么，快，给我抓出来，那里等着用呢。"坎大人催道。

"好嘞。"拿水枪的人打开笼子门，那个小女孩立刻往人群里钻，但所有的人立刻都让开了。那人一把抓住了小女孩，那小女孩果然是进来没多久的，表情没那么木讷，拼命挣扎，那人忙了半天，完全搞不定。

"没用的东西！"坎大人在外面骂道，"这么没用还不如吃了，再挑一个厉害点的用起来方便。"

那拿水枪的一怔,举起手就要打小女孩。

"别!打破了相外形就不完整了。没用的东西,把她推到边上来。"坎大人说。

拿水枪的人把那个小女孩压在栅栏边上,坎大人对着小女孩的脸吹了口气,小女孩立刻不挣扎了,然后拿水枪的人把系在腰上的绳子捆到小女孩的脖子上,牵着她出来,把绳子递给了坎大人。

"坎大人,我还给您留了点儿嫩的,今天下班后给您送到住的地方去。"

坎大人笑嘻嘻地说:"哎,我就喜欢你这点,本事是小了点,但懂事。放心,只要我还管这摊子事儿,你就稳稳的。"

"那是那是。"那个拿水枪的跟在坎大人身边谄媚地笑着。

"把门锁好,别跑了,跑了哪怕一个我也保不住你。"

"那肯定,那肯定。您放心,我在这里,这里一定不会出问题。"

拿水枪的回身锁门,坎大人牵着那个小女孩,像牵着一只羊,沿着地下河往更深的地方走去。悟空和小白龙立刻跟上。

一路走去,小白龙的头皮都有点发麻。地下河两边好多铁笼,粗略地算了下,有一百多个,每个笼子里都有十来个人,有老有少,看上去状态都很不好。

穿过这片牢房又进入了老鼠们打的洞,一路往上,最后竟然出了洞,开始爬一座风景非常秀丽的小山。没爬几步就到了一座小山的山顶,山顶上一座凉亭,凉亭里支了张木桌,桌上放着酒水瓜果,夏日山风徐来,好不惬意。

凉亭里坐了两个瘦瘦小小的"人",一个戴了副玳瑁眼镜,雪白的胡子很长，穿一身青衫长袍，一副仙风道骨的模样；另一个个子高一点，是个十七八岁的少年，身材消瘦，面目俊朗，如果不是眼神有些躲躲闪闪的猥琐，还真算得上是个美少年。

"坎大师，主菜带过来了，您验一下。"那个坎大人恭恭敬敬地对桌边更矮小一点的"人"说。坎大师打量了几眼小女孩，对着坎大人点了点头，然后说："坎九，还照上次那样，做个六吃就差不多了，多出来的赏给你和厨子。"

"谢谢坎大师，谢谢坎大师。"坎大人坎九立刻大喜过望。

那少年没说话，在边上仔细打量着小女孩，眼神里流露出可惜和淫邪的神色。

坎大师在一旁看得仔细，笑眯眯地说："十九郎，这等货色只配拿来做菜，模样还是欠一点儿，只是胜在干净。小的这几年还收集了些上等货色，一直收着，没人染指，调教得特别听话，百依百顺，让做什么就做什么……"坎大师一副"你懂"的表情，看着那个十九郎，十九郎也笑起来了。"等您走的时候给您带上……"

悟空没耐烦再听，而且那个坎九也要带小女孩下去了，他再不迟疑，变出原样，抽出金箍棒，以迅雷不及掩耳之势一棒就打烂了坐在桌边还在傻笑的那个十九郎的头。小白龙也用尽全力，一巴掌就把那个坎九抽倒在地，七窍流血。

事出突然，坎大师没有反应过来，等反应过来后，他大喊一声："十九郎！"然后扑到那个年轻人身边。那年轻人慢慢地化出原形，竟是一只锦毛大耗子，只是整个头都被打扁了。

"好，好，好……"那个坎大师嘴里连连念叨着，然后他跌跌撞撞地站起来，看着悟空和小白龙，"原来是大圣和小白龙大人……好好好，我早就知道你们到了灌垢泉，但我们井水不犯河水，我们也不想吃那唐僧肉，你们来后，我一直绕着你们走，可你们竟然欺负上门来了！你们闯了大祸了，知不知道！"

悟空没接他的话，只是用金箍棒戳了戳他——自从知道他们都是老鼠精后，他嫌脏。

"废话少说，你们把小八，就是那个八哥精藏到哪里去了？从实招来，我给你个全尸。"

坎大师看了看另一边，那个坎九被小白龙一巴掌几乎把头都抽掉下来了，这会儿也化回了原形。见回天无力，坎大师稳了稳心神，然后说："好，我带你们去找那个八哥精。"

而那小女孩还是神情木讷，站在一边，一动不动。

"这女孩怎么回事？"小白龙问坎大师。

"中了坎九的迷魂毒，放在这里，山风一吹，一会儿就好了。"坎大师说。

小白龙把小女孩扶到亭子的美人靠上坐下，解了小女孩脖子上的绳子。然后把坎大师绑起来，让他带路去找小八。他们准备找到小八后就把这里全部捣毁。

坎大师从头到尾都很配合，在前面乖乖地带路。悟空提着金箍棒，在他身后也提醒了一句"只要动一动，马上让你小命送"。

下了洞后，坎大师往更深的地方走去，走着走着，没有碰见任何其他老鼠精了。

"你们把小八关在这么深的地方？"悟空有点怀疑。

"那个八哥精跟我们的大王在一起，我们大王有话要问他。"坎大师不动声色地说。

又走了大概一刻钟，进了一个巨大的地下大厅，大厅是下沉式的,通过十几级台阶才能走到底。一进大厅,坎大师拔腿就跑,悟空刚想冲上去追,突然脑袋嗡的一声。悟空最后看见的是下面大厅正中间盘踞着几十只巨大得像大象一样的老鼠,这些老鼠的尾巴都缠绕在一起,身体分散在四周,形成了一个圆。

"我×,是鼠王!大意了!"

这是悟空重新恢复清明前,脑海里的最后一个想法。

致未来文学
To the Future Literature

出品人　张进步　程　碧

责任编辑　徐楚韵
特约编辑　张浩淼
封面插画　李　爻
封面设计　莫意闲书装
内文排版　张晓冉